BBULMEDIA

1판 1쇄 찍음 2017년 6월 28일
1판 1쇄 펴냄 2017년 7월 6일

지은이 | 정사부
펴낸이 | 정 필
펴낸곳 | 도서출판 뿔미디어

편집장 | 문정흠
기획 · 편집 | 선우은지 · 한관희

출판등록 | 2002년 9월 11일 (제1081-1-132호)
주소 | 경기도 부천시 원미구 소향로 17번길(두성프라자) 303호 (우) 14544
전화 | 032)651-6513 / 팩스 032)651-6094
E-mail | bbulmedia@hanmail.net
비북스 | http://www.b-books.co.kr

값 8,000원

ISBN 979-11-315-8071-4 04810
ISBN 979-11-315-7112-5 04810 (세트)

정사부 현대 판타지 장편 소설

Hunting Frontier

헌팅 프론티어

[완결] 〈15〉

BBULMEDIA FANTASY STORY

뿔미디어

목차

Chapter 1
노태 일가의 비극

정진은 대한민국 정부를 발칵 뒤집어놓은 미국의 조사단, 아니, 엘프 조사단의 이야기를 모두 들었다.

그들이 자신을 찾아온 목적이 타이탄 제조 비밀이 아닌 지구에 정착한 자신들의 생존이란 것을 알게 되었을 때, 잠시 머릿속이 복잡해졌다.

언젠가 엘프를 만나보기 위해 미국에 가려고는 했지만, 이렇게 급하게 엘프를 만날 생각은 조금도 없었다.

정진이 드래곤 산맥을 나온 뒤 빠르게 지구로 복귀를 할 때, 베를린 게이트를 이용하지 않고 그냥 뉴 서울 게이트를 통해 복귀한 데는 그 이유도 있었다.

중간에 계획이 바뀌어 영원의 숲 아케인 쉘터를 들르긴 했지만 말이다.

그런데 엘프 조사단 단장인 이브엘과 이야기를 하는 중, 드워프뿐만 아니라 엘프도 생존의 위협을 받고 있음을 알게 되었다.

그리고 그들이 자신들의 생존을 위해 지구가 아닌, 고향인 뉴 어스로 돌아가기를 원하고 있음도 알았다.

하지만 미국이 순순히 엘프를 뉴 어스로 돌아가게 둘지는 의문이었다.

이미 엘프와 미국은 물과 물고기마냥 서로 떼어놓고는 생각할 수 없을 정도로 깊게 연관이 되어 있기 때문이다.

미국이 발전시킨 몬스터 산업 전반에 엘프의 기술이 들어가지 않은 것이 없다.

물론 오랜 시간 동안 엘프들의 기술이 미국의 과학자들이나 엔지니어들에게 연구되었다.

그러나 가장 중요한 타이탄은 이전의 대몬스터 병기인 아머드 기어와 다르게 미국의 과학자나 엔지니어들이 전혀 파악할 수 없는 분야였다.

그 때문에 지금도 미국 정부는 엘프들을 보호하는 한편 감시하고 있었다.

혹시나 엘프의 존재를 다른 나라에서 알고 그들을 빼돌린다면, 독보적인 위치를 차지하고 있는 타이탄 산업에 큰 지장을 줄 수도 있기 때문이다.

현재 지구상의 모든 나라들 중 타이탄을 생산할 수 있는 나라는 미국과 한국뿐이다.

그런데 한국에서 개발된 타이탄이 약간이기는 하지만 자신들이 개발한 타이탄보다 성능이 뛰어나다는 것까지 알게 된 지금, 타이탄 생산에 있어 또 다른 경쟁국이 나오는 것은 절대 사양이었다.

아직은 한국의 타이탄 생산량이 자신들을 따라오지 못한다는 것만이 위안이었다.

그런데 이 마당에 또 다른 경쟁 상대가 나타난다면, 상황이 걷잡을 수 없는 지경까지 치닫게 될 것이다.

미국에서 엘프들이 한국에 다녀오겠다고 했을 때, 적극적으로 압력을 행사하여 조사단 명목으로 보낸 것은 바로 이 때문이었다.

어떻게든 엘프들이 한국 타이탄이 성능이 더 뛰어난 이유를 알아내서 타이탄 산업에서 더 독보적인 위치를 선점할 수 있었으면 하는 마음이었다.

물론 한국으로 파견되는 엘프의 보호와 감시는 연구소에

있는 엘프들보다 더 타이트하게 이루어졌다. 혹시나 누군가 그들을 납치할 수도 있기 때문이다.

다행이라면 엘프들이 인간처럼 위장을 하고 한국으로 갔다는 것이다.

미국 정부는 한국으로 가는 엘프들이 모두 인간의 모습을 하고 있을 때 사실 깜짝 놀랐다.

겉모습만 보면 엘프와 인간의 차이는 그리 크지 않다.

엘프의 피부가 좀 더 투명할 정도로 하얗다는 것과 귀가 당나귀처럼 길다는 것 정도다.

그런데 한국으로 파견을 나가는 엘프들은 조금 심하게 아름다울 뿐 인간과 완전히 똑같은 모습이었다.

엘프들을 감시하고 있던 정부 관계자들과, 특히 정보 계통에서 일을 하던 CIA나 FBI의 사람들은 이러한 엘프들의 모습에 크게 놀라며 관심을 보였다.

엘프들이 인간으로 위장할 수 있었던 것은 그들이 갖고 있는 아티팩트 때문이었다.

그들은 아티팩트로 완전히 모습을 숨긴 엘프들의 정체가 들키지 않을 것이라 생각하고, 한국에는 그들이 엘프라는 것을 최대한 숨긴 채 파견하였다.

하지만 설마 엘프들이 직접 자신들의 정체를 밝힐 것이라고는 전혀 예상치 못했다. 그들이 뉴 어스로 돌아갈 생각을 하고 있다는 것도 말이다.

그것이 엘프들의 정체성과 생존에 관계된 일이라는 건 이해하지만, 정진은 그렇다고 해서 무턱대고 그들에게 도움을 줄 생각은 없었다.

거래는 기브 앤 테이크, 서로 주고받는 것이 있어야 거래가 성립이 된다. 일방적으로 어느 한쪽이 주는 것은 거래가 아니란 소리다.

엘프들은 간절히 그의 도움을 원하고 있는 반면, 정진은 엘프들에게서 받을 만한 것이 현재로서는 없었다.

아니, 한 가지 있었지만, 그것을 엘프들이 들어줄지는 미지수였다.

지금도 엘프들은 자신들의 안전을 위해 미국과 거래를 하고 있고, 안전을 보장받는 조건으로 미국이 필요로 하는 기술을 제공했다.

안전은 확보가 되었지만 지구의 환경은 엘프에게 그리 좋은 조건이 아니었다.

장기간 지구에 머물게 된 엘프들은 점점 엘프로서의 정체성을 잃고 인간화되고 있었던 것이다.

겉모습은 엘프지만 육체 능력은 인간과 전혀 다를 바가

없어지는 상황에서 엘프의 지도자인 엘과 장로들은 결단을 내릴 수밖에 없었다.

안전보다는 엘프로서의 정체성을 찾는 것, 그것이 엘프가 멸족하지 않는 길이라고 결정한 것이다.

드워프처럼 타이탄을 연구하기 시작한 것은 그래서였다. 그 결과물이 현재 미국이 생산하는 타이탄이다.

"지금 당장이라도 당신들의 요구 조건을 들어줄 수는 있습니다. 하지만 그러면 제게 어떤 대가를 주실 거죠?"

"정말로 우리가 요구하는 것을 들어줄 수 있나요?"

"그렇습니다. 전 이미 뉴 어스에서 드워프를 위해 그들이 안전하게 생활할 수 있는 터전을 마련해 주었습니다. 그 일을 하고 돌아온 지 얼마 되지도 않았습니다."

그러자 이브엘은 입을 떡 벌리며 경악했다.

"드워프 족이 아직도 존재하고 있었다는 말인가요?"

"드워프도 엘프들처럼 아직 멸족하지 않고 드래곤 산맥에서 잘 버티고 있었습니다. 혹시 아실지 모르겠지만 엘프들이 미국과 거래를 하고 있는 것처럼 드워프는 유럽연합과 거래를 하고 있었습니다."

그제야 이브엘은 납득한 듯 고개를 끄덕였다.

"그렇지만 드워프들은 엘프와 다르게 뉴 어스를 떠나지

않고 드래곤 산맥 깊은 곳에서 지금까지 버티고 있었습니다. 일부만 뉴 어스를 떠나 지구에서 일하고 있었죠."

정진은 이브엘에게 드워프들이 어떻게 지금까지 생존하고 있었는지 들려주었다.

정진의 이야기를 들은 이브엘은 고민하기 시작했다.

엘프들 또한 드래곤 산맥 안에서 살고 있었다. 하지만 엘프들은 오랜 시간 몬스터와의 전투로 점점 멸족에 가까워졌다.

이브엘이 인간들과 만나게 된 것도 하나의 계기였지만, 어쩔 수 없이 슬슬 다른 방도를 찾아보아야 할 시기였던 것은 분명했다.

다만 미국과의 협력으로 찾은 안전도 온전한 것이 아니었다. 그저 멸족하는 시간이 늦어지는 것뿐.

뉴 어스에 남았다면 몬스터와의 전투로 계속해서 동족들이 죽어 숫자가 줄어들었겠지만, 지구로 넘어온 뒤부터는 빈약한 마나로 인해 후대를 보지 못하고 있다.

시간이 지속될수록 태어나는 어린 엘프가 줄어들고 있었다.

만약 뉴 어스를 떠날 때 챙겨온 아티팩트가 없었다면 엘프는 몬스터에 의해 멸족을 하는 것이 아니라 부족한 마나로 인해 종족 정체성을 잃고 겉모습만 엘프로 남았을 것이다.

그런데 정진의 이야기로는 드워프들이 지금도 자신들의 터전에서 꿋꿋하게 물러서지 않고 몬스터를 상대로 전투를 벌이며 생존하고 있다는 것이다.

물론 드워프들도 새로운 살 길을 모색하기 위해서 그들의 기술을 빌려주는 대가로 인간들에게 도움을 받고 있다. 하지만 그래도 파견을 나온 몇몇 드워프들을 제외한 모든 드워프들은 아직 드래곤 산맥에 있는 것이다.

'우리도 뉴 어스에 남아 끝까지 고향을 지켰다면……'

한참을 고심하던 이브엘은 문득 앞에 앉은 정진이 무슨 의도로 이런 이야기를 하는지 파악하는 것이 우선이라는 걸 깨달았다.

결론은 조금 전 정진이 말한 것처럼, 드워프들이 그랬듯 정진의 도움을 받았을 때 그에게 어떤 대가를 줄 수 있는지 생각해야 한다.

정진이 필요로 하고, 자신들이 들어줄 수 있는 것은 한 가지뿐이다.

'그는 지금 마법사가 필요하다. 만약 우리 측 마법사를 파견한다면 우리에게 드워프에게 해주었던 것처럼 안전한

터전을 만들어줄 거야.'

이브엘은 마법에 대해 잘 모르지만 머리가 나쁜 것은 아니었다.

이브엘이 마법을 익히지 않고 검술을 익힌 것은 머리가 나빠서가 아니라 적성에 맞지 않았기 때문이었다.

그리고 그녀는 엘프 가드인 포레스트 가드 중에서 수위에 들어갈 정도로 검술이 뛰어난 엘프다.

즉, 검술에 관한 이해력은 다른 엘프 가드들보다 뛰어나다는 소리다.

"드워프들이 터전을 마련해 준 대가로 드워프를 파견하기로 한 것처럼 우리도 엘프 마법사를 파견하겠어요. 그럼 되나요?"

이브엘의 직설적인 제안에 정진은 빙그레 미소를 지어 보였다.

굳이 먼저 언급을 하기 전에 상대가 먼저 조건을 말하니 이야기하기 편해졌다.

"먼저 제안해 주시니 감사합니다."

이브엘은 정진이 긍정적인 대답을 하기가 무섭게 물었다.

"그런데 어떻게 안전한 터전을 만들어준다는 거죠?"

몬스터의 공격으로부터 안전한 터전을 만든다는 것은 무

척이나 어려운 일이다.

그들 역시 침입을 방지하는 결계를 치는 법이 실전된 이후, 직접 가드들이 보초를 서며 지켜야 하지 않았는가.

어려울 뿐만 아니라 상상을 초월하는 엄청난 자금이 필요하다.

그도 그럴 것이 엘프와 거래를 하는 미국은 막대한 예산을 투입하고도 겨우 두 개의 개척 도시를 만들었기 때문이다.

이브엘이 미국에 대해 많은 것을 알고 있는 것은 아니지만 지구에서 가장 강대한 나라가 미국이며, 그들이 가진 힘과 능력이 어마어마하다는 것은 알고 있었다.

하지만 몬스터의 땅이 되어버린 뉴 어스에서는 이런 미국의 힘도 그리 강력하지 않다.

타이탄이 개발이 되었으니 예전과는 조금 다르긴 할 것이다.

하지만 타이탄이란 병기가 일반 공산품처럼 공장에서 마구 찍어낼 수 있는 것이 아니기에, 당장 새로운 개척 도시를 만들기는 아직 요원한 일이었다.

즉, 시간이 필요하다는 소리.

하지만 엘프들은 당장 한시라도 빠르게 뉴 어스로 돌아가지 않으면 안 되는 상황이었다.

"우리 아케인 클랜은 이미 몇 년 전부터 작은 규모이기는 하지만 뉴 어스에 쉘터를 만들고 있습니다. 10만 명이 거주할 수 있는 도시 규모 쉘터를 만들 수 있는 기술도 개발이 된 상태고요."

정진은 5년 전 아케인 쉘터를 만든 일이나 이북 지역을 수복하고 그곳에 도시를 건설한 것을 예를 들며 설명했다.

'그렇다면 벌써 몇 년 전부터 뉴 어스에 쉘터를 만들어 영역을 확장했다는 거잖아?'

정말로 놀라운 이야기가 아닐 수 없었다.

비록 500명밖에 수용할 수 없는 작은 쉘터였지만 수가 적은 엘프의 입장에서는 그 정도면 1개 마을 규모였다.

사실 지금이야 만 단위로 뭉쳐 있지만 원래 엘프는 마을 단위로 흩어져 생활하는 종족이다.

몬스터의 위협만 아니라면 그렇게 뭉칠 이유가 없었다. 지구에 와서는 결계를 칠 아티팩트의 숫자가 적어 어쩔 수 없이 뭉쳐 있을 뿐이다.

그런데 정진의 이야기를 들어보니 그렇게 불편하게 뭉쳐 있을 필요가 없었다.

"한 지역 전체에 걸친 터전을 마련해 주겠습니다."

정진의 머릿속에는 로난을 만난 죽음의 협곡이 떠올라 있었다.

왕국 시대에 흑마법사들이 그 땅에 걸어놓은 죽음의 저주는 엘프들과 상극이나 마찬가지였다.

엘프는 생명을 키우는 데 최적화된 종족이다. 자연에 순응하고 조화를 추구하는 존재.

그에 반해 흑마법사의 저주는 이런 생명에 반하는 것으로, 주변의 마나를 변질시켜 생명체의 생명력을 뺏는 것이다.

엘프에게 있어 흑마법사의 저주를 정화하는 일은 너무도 간단한 일이었다.

뉴 어스를 지배하는 왕국들과 흑마법사가 전쟁을 벌이고 있을 때, 흑마법사들이 엘프를 가장 마지막으로 공격한 것은 그런 이유에서였다.

그때에도 직접 저주를 걸거나 마법을 써서 엘프를 공격하지 않고, 수족인 몬스터들을 이용하여 엘프들을 공격했다.

저주를 해결할 방법이 있는데 그 넓은 땅을 놀리기에는 아까운 일이었다.

현재 헌터 협회로부터 접근 금지 구역으로 설정된 만큼, 다른 헌터들이 접근할 일이 적기 때문에 엘프들의 안전에 있어서도 좋은 곳이었다.

다른 금지 구역과는 달리, 죽음의 협곡은 저주를 제외하면 굉장히 안전한 곳이기도 했다.

위험한 몬스터들이 적을뿐더러 저주가 강하게 활성화되지 않는 낮 시간에만 드나들 수 있기 때문에 헌팅에는 적합하지 않다.

정진이야 당시 몬스터 웨이브의 조짐 때문에 조사차 들어갔다가 로난을 만나는 기연을 얻었지만 말이다.

엘프들을 죽음의 협곡으로 보내려는 이유는 또 있었다.

그것은 바로 엘프들을 미국의 영향 아래에서 벗어나도록 하기 위함이었다.

엘프와 손잡고 몬스터를 상대할 수 있는 많은 것들을 만들어냈으면서도 미국은 인류의 안보다는 자신들의 이익을 위해 엘프의 존재를 숨겼다.

더욱이 그렇게 개발한 대몬스터 병기와 몬스터 산업의 결과물들을 독점하면서 막대한 이익을 챙겼다.

정진은 이 일을 결코 간과할 생각이 없었다.

만약 자신이 엘프들을 빼돌리는 것이 알려진다고 해도 두렵지 않았다.

현재 자신이 가진 능력이라면, 시간을 두고 대한민국 국민 모두를 뉴 어스로 이주시키는 것도 불가능하지 않다. 그렇게 된다면 미국이 보유한 핵무기도 의미가 없어진다.

지구의 무기는 뉴 어스에서 작동을 하지 않기 때문이다. 아니, 작동을 하지 않는다기보단 무척이나 불안정하다.

뉴 어스에 숨은 정진을 공격하기 위해 핵무기를 가져온다고 해도, 정진을 공격하기도 전에 폭발할 수도 있었다.

무엇보다 정진 말고는 뉴 어스의 지리에 대해 확실히 알고 있는 이가 없었다.

정진이야 자신의 안전을 홀로 확보할 수 있기에 금역이고 어디고 몇 번이나 활보하고 다녔지만, 다른 나라의 헌터들은 자신들이 개척한 쉘터 인근 200㎞ 이상을 벗어나지 않는 게 일반적이었다.

사실 아케인 클랜의 헌터들이 그렇게 먼 거리까지 진출을 하여 몬스터 헌팅을 하는 것이 도리어 이상한 일이었다.

몬스터 헌팅을 가지 위해선 몬스터 헌팅에 필요한 장비도 옮겨야 하지만, 사냥 기간 동안 먹을 식량도 필요하고, 사냥이 끝난 뒤에는 몬스터들의 부산물을 실어 날라야 한다.

자동차 같은 지구의 이동 수단을 이용할 수 없는 뉴 어스에서는 활동 범위에 제약을 받을 수밖에 없었다.

하지만 아케인 클랜의 헌터들은 정진이 만들어준 공간 확장 주머니를 갖고 있었다. 때문에 언제든지 헌팅에 나설 수 있었고, 식량이나 꾸려야 할 장비의 부피에 영향을 받지 않았다.

그러다 보니 보다 넓은 범위에서 쉘터에서 먼 지역까지 진출해 사냥을 할 수 있게 된 것이다.

그러니 미국의 헌터들이 활동하는 지역과는 상관도 없고 다른 게이트들에 비해 뉴 서울과 가까운 죽음의 협곡으로 엘프들을 이주시킨다면, 제아무리 미국이라도 엘프들을 찾아내기 힘들 것이 분명했다.

물론 엘프들이 뉴 어스로 넘어오는 것은 별개의 문제이기에 이는 미국과 엘프들이 협상을 할 문제란 것을 이브엘에게 주지시켰다.

정진의 말에 이브엘은 자신의 종족이 뉴 어스에 확실한 터전을 마련할 수만 있다면 충분히 협상을 해볼 일이라고 말했다.

† † †

엘프와의 협상은 빠르게 진행이 되었다.

이브엘은 정진의 조건을 듣고 바로 한국으로 나온 엘프

조사단을 데리고 미국으로 돌아가 정진이 자신에게 했던 이야기를 장로인 파시엘에게 알렸다.

뒤이어 그 이야기는 로키산맥에 있는 엘프 마을의 지도자인 엘과 장로들에게도 전달되었다.

엘프 장로들은 뉴 어스에 드워프가 아직도 생존해 있었다는 것에 놀라워하였다.

정진이 직접 드래곤 산맥에 찾아가 그들만의 터전을 만들어주고, 결계까지 만들어 몬스터에게서 안전한 곳을 만들어주었다는 것도 들었다.

그 대가로 드워프들이 드워프 몇 명을 보내 정진을 돕게 했다는 것도 이브엘이 확인하고 돌아왔기에 더 이상 논란의 여지가 없었다.

인간인 정진만이라면 모를까, 드워프는 신의를 지킬 줄 아는 종족이다.

엘과 엘프 장로들은 빠르게 정진의 제안을 받아들이기로 결정했다.

미국이란 나라 외에 또 다른 곳에 엘프들을 파견하는 것이 걱정되지 않는 것은 아니었지만, 어쩔 도리가 없었다.

멸족을 하는 것보다는 위험을 감수하고 나아가는 편이 종족을 유지할 확률이 높다는 걸 알고 있었다.

정진은 곧바로 죽음의 협곡에 엘프들이 살 수 있는 터를 닦기 시작했다.

최근 그는 9클래스에 오를 실마리를 잡은 상태였다.

오래전 흑마법사들이 펼친 저주는 더 이상 정진에게 통하지 않았다.

더욱이 저주란 모르고 있을 때나 무서운 것이지, 이미 알고 대비를 하면 아무리 강력한 저주라도 두려울 것이 없다.

방비하지 못한 채 당하면 정확한 해주법에 맞는 마법 없이는 풀기가 어렵지만, 적당히 대비를 하고 축복 마법을 준비하면 간단한 실드 마법만으로도 방어할 수 있었다.

정진이 언제나 착용하고 있는 로브는 무려 9클래스 마스터인 제라드가 직접 만든 아티팩트다.

자동으로 위험을 감지해 실드 마법과, 보다 상위 마법인 프로텍트 마법까지 펼친다.

정진이 따로 방비를 하지 않아도 저절로 흑마법사의 저주를 막아준다. 그러니 죽음의 협곡에서의 활동을 꺼릴 이유가 없었다.

정진은 일단 엘프들이 들어오기 전 간단하게 주변에 정화 마법을 걸어 흑마법사의 저주를 희석시키고, 협곡 입구에 결계 마법을 설치하였다.

엘프의 숫자가 많으니 협곡 전체를 엘프의 터전으로 만들 생각으로 입구를 틀어막은 것이다.

아무리 죽음의 협곡이 금지이고 아무런 이득이 없는 지역이라도 호기심에 이끌려 들어올 헌터가 있을 수 있었다. 결계를 친 것은 사전에 사고를 막기 위해서였다.

협곡 입구에 결계를 친 정진은 로난을 만난 던전으로 향했다.

엘프들이 이곳에 터전을 잡게 되면 더 이상 이곳을 찾기도 원활하지 않을 것이란 생각에 연구소를 정리하기 위해서였다.

전에 보았던 연구소 복도에 있던 벽화도 떼어내고, 미처 챙기지 못한 물건들까지 모두 싹 가져갈 생각이었다.

벽화는 나중에 뉴 어스의 역사와 몬스터에 대해 연구하기 위해서였다.

연구소의 공간이야 엘프들이 이용할 수 있겠지만 아무것도 발견하진 못할 것이다.

정진은 엘프들의 마을을 세울 만한 장소를 물색하기 시작했다.

엘프들은 드워프와 다르게 거대한 집단을 이루기보다는 작은 마을 단위로 생활한다.

조화를 생각하는 엘프가 지금처럼 거대 집단을 이루는 것은 사실 비정상적인 방식이었다.

안전만 확보된다면 작은 단위로 흩어져 생활하는 것이 엘프들로서는 더 좋을 것이고, 종족의 정체성을 찾는 데 도움이 될 것이다.

"이쯤이면 되겠군."

정진은 엘프들이 오기 전 협곡 내에 그들의 마을이 들어갈 터를 닦기로 했다.

터를 대충 다지고 나면 아케인 쉘터를 설치하여 몬스터가 침입할 수 없게 결계를 만들 생각이었다.

지금이야 흑마법사가 걸어놓은 저주로 인해 협곡 내에 몬스터가 많지 않다.

아무리 흑마법에 오염된 몬스터라도 언데드가 아닌 이상 생명체이기에 흑마법사의 저주에서 안전할 수 없기 때문이다.

죽음의 협곡 내에 살고 있는 몬스터들도 낮 시간에나 돌아다닐 수 있고, 저녁에는 움직이지 않았다.

저녁에는 죽음의 협곡에 들어왔다 죽은 시체들이 활성화된 저주로 인해 일어나 돌아다니기 때문이다.

하지만 엘프가 들어오게 되면 저주는 점차 사라질 것이

고, 그렇게 되면 몬스터도 생명의 마나가 죽음의 협곡에 가득함을 알고 들어올 것이 분명했다.

사전에 그것을 막아낼 적당한 대비책이 필요하다.

정진은 엘프의 성향에 맞게 마을 전체를 아우르는 마법진으로 공격 마법은 사용하지 않고, 그저 환상을 보이게 하는 환영 마법진을 설치하였다.

정진이 설치한 환영 마법진은 단순히 환상만 보이는 것이 아니라 수면 마법까지 가미가 되어 있었다.

아마 환상을 보고도 현혹되지 않는 존재들까지 마을 안까지 들어오지 못하게 하는 역할을 할 것이다.

† † †

쿠구구구궁!

쏴아아!

5월의 때 아닌 소나기와 천둥 번개가 몰아쳤다.

노태규는 창밖으로 내리치는 폭풍우를 지켜보고 있었다.

오후 6시, 보통 때라면 아직 회사 집무실에서 업무를 보고 있을 시간이지만 오늘은 일찍 퇴근을 하였다.

창밖에 내리는 소나기를 보는 노태규의 얼굴은 그 나이보

다 더 늙어 보였다.

나이가 들어서도 언제나 의욕적으로 일을 하던 그이지만 요즘은 너무도 힘이 들었다.

'어디서부터 잘못된 것인가?'

노태 그룹은 한때 대한민국에서 내로라하던 그룹이었다.

하지만 그것도 옛 영화에 지나지 않았다.

얼마 전까지만 해도 자신이 총수로 있는 노태 그룹이 이렇게까지 막다른 곳에 몰리게 될 줄은 상상도 하지 못했다.

자신이 거느린 노태 그룹은 이곳 대한민국에만 자리하고 있는 것도 아니고, 안전을 위해 일본과 한국 이원 체제로 운용되고 있었다.

지금까지 노태 그룹은 한국과 일본에서 어느 한쪽이 어려워지면 다른 쪽에서 자금을 지원하면서 양국에서 승승장구를 해왔다.

그런데 한국은 물론이고 일본에 있는 그룹까지 흔들리고 있었다.

한국이야 척을 진 적이 너무도 막강해 그렇다고 하지만, 일본의 경우 확실하게 기반을 다져놓은 상태였다.

그런데 대체 어떻게 된 일인지 여기저기서 적대적으로 공격을 받고 있었다.

노태규는 자신과 연이 되는 인사들을 만나 사태를 수습해 보려 노력했지만, 어느 하나 나서주는 이들이 없었다.

오히려 예전에는 연락을 하면 만사를 제쳐두고 달려오던 이들이 자신의 전화를 피하고 있었다.

하루 종일 일이 손에 잡히지 않아, 노태규는 결국 이른 시간에 퇴근을 하여 생각을 정리하기 위해 측근 수행원 몇 명만 대동하고 별장까지 왔다.

"도대체 누굴까? 누가 날 이렇게까지 막다른 곳으로 밀어내는 거지?"

나지막이 중얼거리던 노태규는 머리를 감싸 쥐었다.

"아케인 클랜의 그일까? 아니, 현재 그는 그럴 여유가 없다. 그럼 누구?"

자신과 척을 진 사람들을 하나하나 떠올려 보았다. 대상을 줄여보았지만 막상 떠오르는 존재는 없었다.

그도 그럴 것이 지금까지 살아오면서 적이라 생각하는 이들을 철저하게 몰락시켰기 때문이다.

물론 자신의 공격을 피해 살아난 이들도 있기는 했다.

그렇지만 살아난 이들은 감히 자신이 총수로 있는 노태 그룹을 어떻게 해볼 생각을 하지 못했다.

비록 오성이나 성대 그룹에는 미치지 못하지만, 노태 그룹은 자본력 하나만큼은 다른 어떤 그룹들보다도 우위에 있었다.

한일 양국에 있는 그룹을 합치면 재계 1위인 오성 그룹을 능가할 정도다.

자신이 한국과 일본의 복수 국적을 가지고 있는 것 또한 크게 작용을 하였다.

이는 노태 그룹이 순수한 한국 기업이 아니라 일본에서 시작된 기업이기 때문에 벌어진 특수성이었다.

본래 한국에서는 복수 국적을 허용하지 않는다.

하지만 오래전 전쟁으로 인해 어려운 시절에 일본에서 성공한 노태 그룹의 초대 총수, 즉 노태규의 아버지가 일본에서 많은 자금을 가져와 한국에 일본 노태 그룹의 자회사를 설립을 하면서 받은 특혜였다.

그것은 세월이 지난 지금까지 유지되고 있다.

만약 이런 혜택이 없었다면 방만한 노태 그룹의 운영 행태로 지금의 성세를 누리지 못하고 도중에 몰락했을 것이다.

정권의 특혜까지 입으며 성공 가도를 달리던 노태 그룹은 자산 규모가 일본에 있는 본사의 규모를 능가하게 되면서 분리를 하여 지금까지 운영되었다.

일본 기업이라는 이미지를 탈피하기 위한 방법이었다.

지금에 와서는 일본에 있는 노태 그룹이 한국 노태 그룹의 자회사라 믿는 사람까지 있었다.

하지만 화무십일홍이라고 했던가.

열흘 붉은 꽃은 없다는 말처럼 승승장구를 이루던 노태 그룹이 흔들리고 있다.

심지어 그룹을 흔들고 있는 적이 누구인지 알아내지도 못하고 있는 형편이다.

끼리릭!

소나기가 내리는 창밖을 보며 사색에 잠겨 있는 그의 귀에 작은 소음이 들렸다.

"생각할 것이 있으니 방해하지 말라고 하지 않았나!"

짜증이 난 노태규는 방문을 향해 고개를 돌렸다.

"헉! 너 너는……."

뒤를 돌아본 노태규는 방문을 열고 안으로 들어오는 사람을 보고 놀라 입을 다물었다.

"오랜만에 뵙습니다. 잘 지내셨죠?"

"……."

그는 바로 그의 막내아들, 노인태였다.

노태규는 귀신을 본 사람처럼 굳어 있다가 간신히 입을

열었다.

"그래, 오랜만이구나. 어떻게 온 것이냐?"

"하하, 오랜만이죠. 오랜만."

노인태가 박장대소를 하며 웃었다. 분명 웃고 있지만 표정이나 눈빛은 그렇지 않았다.

"왜 그러셨습니까?"

"무슨 말이냐?"

"제 질문이 어려운 질문이었나요? 그럼 알아듣기 편하게 말씀드리죠."

노인태는 천천히 노태규 회장이 있는 앞쪽으로 다가왔다.

노태규는 노인태가 다가올 때마다 저도 모르게 조금씩 뒤로 물러났다.

"절 마루타로 보냈더군요. 일본에. 대체 아버지로서 어떻게 그런 결정을 하셨는지 궁금해서 찾아왔습니다."

노인태는 차가운 눈빛으로 자신의 아버지인 노태규 회장을 바라보았다.

그것은 아버지를 보는 아들의 눈빛이 아니었다.

아들을 보는 아버지나, 아버지를 보는 아들이나 둘 다 서로를 인정하지 않고 적대감이 가득한 얼굴로 상대를 보고 있었다.

"무슨 말을 하는지 모르겠구나."

노태규 회장은 노인태의 질문을 회피하며 몸을 움직여 소파가 있는 곳으로 가서 앉았다.

노인태의 모습을 확인하고는 도저히 서서 이야기를 할 힘이 없었기 때문이다.

"무엇을 그리 두려워하십니까?"

"두려워? 내가 뭘 두려워한다는 거냐?"

노인태의 물음에 노태규 회장은 알 수 없는 두려움에 긴장한 채 말했다.

자신이 두려움을 느낀다는 것을 아들에게 들키지 않기 위해 애써 담담히 대답하려 애썼지만, 혀가 꼬이며 말을 더듬는 바람에 그런 시도조차 수포로 돌아갔다.

노인태는 즐거운 표정을 지었다.

"두렵지 않다는 거 아니었습니까?"

노인태는 노태규 회장의 맞은편 소파에 앉아, 탁자 위에 두 발을 올렸다.

노태규 회장은 그 무례한 모습에 불편한 표정을 지으면서도 어떤 훈계도 하지 못하고 노려보기만 했다.

"요즘 많이 바쁘시죠?"

마치 지나가는 말 같지만, 그 질문을 받은 노태규 회장에게는 아니었다.

"그게 무슨 말이지? 설마……."

덜컹!

그때, 방문이 열리고 또다시 누군가 들어왔다.

이번에는 어깨에 누군가를 둘러멘 이름 모를 남자였다.

그는 어깨에 메고 있던 사람을 바닥에 내려놓고, 노인태가 손짓을 하자 고개를 숙이고 방 밖으로 나갔다.

노태규는 뒤늦게 바닥에 남겨진 사람의 얼굴을 확인했다.

"…이, 이게 무슨 짓이냐?"

바닥에 쓰러져 있는 사람은 자신의 둘째 아들이자 앞에 있는 노인태의 형인 노인수였다.

세 아들 중 그나마 제 역할을 하고 있는 사람이 바로 둘째 노인수였다.

현재 누군가의 공격으로 어려운 상황에서 그나마 선방을 하고 있는 것이 노인수가 사장으로 있는 노태 인더스트리였다.

던전에서 발굴한 타이탄을 외국으로 팔아넘긴 대가로 대몬스터 산업의 꽃인 아머드 기어의 설계도를 입수하였다.

물론 구형 아머드 기어의 설계도였기에 처음에는 난항을 겪었지만, 그동안 축적한 기술을 바탕으로 아머드 기어를 재설계하여 어렵게 개발할 수 있었다.

막 판매하기 시작한 시점에 타이탄이 개발되어 서리를 맞고 말았지만, 지금 상황에서 그나마 기대할 수 있는 분야였다.

"무슨 짓이냐뇨? 아버지께서 그러시지 않았습니까. 적이라 생각되면 수단과 방법을 가리지 말고 처리하라고."

노인태는 아무런 감정도 실리지 않은 목소리로 말했다.

"적이라니? 인수는 네 형이다!"

"하하, 형이요? 형이란 작자가……."

노인태는 자리에 앉은 채로 테이블을 걷어찼다.

쾅!

둔탁한 소음과 함께 테이블이 뒤엎어졌다.

"말씀해 보세요, 아버지. 동생을 쥐새끼처럼 실험용으로 팔아넘긴 형도 형입니까? 그런 형도 형이라고 죽이면 안 되는 겁니까?"

말과는 달리, 노인수는 아직 죽지 않은 상태였다.

그저 자신이 초인 연구소에 실험체로 넘겨지는 과정에서 지대한 공헌을 한 노인수를 잡아왔을 뿐이다.

물론 그 과정에서 반항을 하는 노인수를 얌전히 잡아온 것은 아니지만.

"으으으……."

바닥에 던져진 충격으로 인해 기절했던 노인수가 신음을 흘리며 꿈틀거렸다.

퍽!

자리에서 일어서서 노인수의 곁으로 다가간 노인태가 노인수의 턱을 걷어찼다.

그 때문에 노인수는 다시 정신을 잃었다.

노태규는 그저 가만히 있을 수밖에 없었다.

처음 노인태를 보았을 때의 꺼림칙한 느낌이 어디서 비롯된 것인지 이제야 알 수 있었다.

어려서부터 노인태는 내적으로 흉포한 기질을 가지고 있었다.

다만 형들에 비해 경영자로서의 자질이 뛰어나지 못했기 때문에, 언제나 자신과 두 형의 눈치를 보느라 그런 기질이 눈에 띄게 드러나지 않았을 뿐이다.

그런데 대체 그동안 무슨 일이 있었는지, 눈앞에 있는 노인태는 광폭한 포식자의 눈을 하고 있었다.

피부로 느껴지는 그 느낌은 언젠가 본 몬스터의 그것과 다르지 않았다.

"그래서 지금 네가 하고자 하는 것이 형들에 대한 복수인 것이냐?"

노태규 회장이 굳어진 얼굴로 묻자, 노인태가 어처구니없다는 듯 그를 바라보았다가 웃었다.

"형이요? 누가 제 형인데요?"

오래전부터 그에게 형제들과의 관계는 피를 나눈 혈육이 아닌 적이었다.

형들과는 언제나 남보다도 못한 사이였다.

노태 그룹 총수의 아들로서 그 후계자 자리를 차지하기 위해, 서로 빈틈을 노리고 공격하고, 공격에 당하지 않기 위해 언제나 날을 세우며 경계를 하였다.

그 결과는 그리 놀랍지도 않았다. 자신은 실험실의 마루타가 되어 버려졌다.

그런데 지금 형제를 운운하는 아버지의 모습에 노인태는 분노에 이성을 잃었다.

와장창!

진열장의 유리가 깨지고 주변에 널린 것들이 노인태의 행패로 부서져 나갔다.

"먼저 선을 넘은 것은 아버지와 저들입니다."

주변에 있던 것들을 마구 부수던 노인태가 뚝 멈추었다.

노태규는 예전 노인태의 모습을 떠올렸다.

헌터 프론티어

수년 전, 뉴 어스에서 무슨 일을 겪었는지 홀로 살아남은 채 돌아온 노인태는 정상적인 상태가 아니었다.

　모든 사물에 두려움을 느끼며 어두운 방 안에서 한 발짝도 움직이지 않고 비명만 질렀다.

　더 이상 노인태가 가망이 없다고 판단한 그는, 노인수가 일본 초인 연구소에 실험체로 노인태를 보내자는 제안을 했을 때 마지못한 척 허락을 하였다.

　어차피 아무짝에도 쓸모가 없는 노인태를 그룹을 위해 이용하자는 말에 허락을 하면서도 많은 고민을 했다. 아무리 폐인이 되었다고 해도 자신의 아들이지 않은가.

　하지만 그룹을 위해서라는 둘째 아들의 말에 허락을 하였는데, 그 탓에 지금에 와서 이렇게 형제간에 서로를 죽이려는 패륜 현장을 보게 될 줄은 예상하지 못했다.

Chapter 2
충격

IMF 사태 이후 계속해서 침체를 겪고 있던 대한민국의 경제는 어려움 속에서도 꿋꿋하게 성장해 왔다. 그런데 최근 갑작스럽게 터진 노태 그룹발 충격으로 인해 경제계가 요동치기 시작했다.

뉴스를 통해 소식을 접한 대한민국 국민들은 모두 충격을 받았고, 언론에서는 연일 떠들썩하게 이 사건을 분석해 댔다.

바로 총수인 노태규 회장을 비롯한 모든 혈족들이 같은 날 모두 사망해 버린 것이다. 단 한 명, 삼남인 노인태만을 제외하고 말이다.

범인은 장남이자 노태 그룹의 주력 기업 중 하나인 노태
건설의 사장인 노인규 사장으로 지목되었다. 그가 후계자
싸움에서 가장 유력한 것으로 지목되던 노태 인더스트리의
노인수 사장과 이를 말리려던 노태규 회장을 살해한 뒤, 뒤
늦게 자신의 잘못을 깨닫고 자살했다는 것이었다.

문제는 거기서 그치지 않았다.

마치 이런 노태 그룹의 불행을 기다리기라도 한 것처럼
경영자의 부재를 틈타 노태 그룹을 공격하는 세력이 등장한
것이다.

1997년 외환 위기 이후 외국인 투자 규제가 사라지면서
외국 기업이 막대한 자본력을 바탕으로 대한민국 기업의 주
식을 사들이는 것은 어제오늘 일이 아니게 되었다. 금감원
에 신고만 하면 자금 출처에 관해서도 문제를 삼지 않는다.
이 때문에 한때 대한민국은 불법 자금을 세탁하는 창구라는
오명을 얻기도 했다.

2000년 게이트 사태 이후, 대한민국은 빠져나가는 외국
자본을 붙잡기 위해 이런 정책을 고수했다.

비록 예전보다 재계 서열이 하락하기는 했지만, 그래도
아직 20대 기업 안에 들어가는 우량 기업이던 노태 그룹은
벌 떼처럼 달려든 외국 기업들의 공격에 한순간에 공중분해

가 되고 말았다.

오너 일가의 불행으로 인한 충격을 수습하기도 전에 노태 그룹은 완전히 와해되면서 외국 기업 소유가 되고 말았다.

그것은 노태 그룹 오너 일가의 사망으로 인한 충격 이상 으로 국민들의 정서를 흐트려 놓았다.

시작은 어땠는지 모르겠지만, 노태 그룹은 대한민국에서 알아주는 대기업이었다.

자산 규모만 150조 원이 넘어가는 그룹이 이렇게 쉽게 외국인의 손에 들어가는 것에 충격을 받은 정부는 급히 내 각 회의를 열 수밖에 없었고, IMF 이후 손을 놓고 있던 독소조항들을 손보기 시작했다.

† † †

청와대.

각 부처 장관들이 모두 모인 회의장에서는 대통령이 주재 하는 회의가 열리고 있었다. 국정 전반을 논의하는 이 회의 는 정기적으로 열린다.

긴장 속에서 공식적인 회의 안건이 모두 끝났다. 정면을 바라본 채 앉아 있던 장관들은 물론이고 각 정부 부처장들이 속으로 한숨을 내쉬었다.

"그런데 노태 그룹이 외국인의 손에 들어간 것이 이상하다니 그건 무슨 이야기죠?"

노승민 대통령이 최수환 국정원장을 향해 물었다.

자리를 정리하고 슬슬 일어서려던 장관들은 노승민 대통령의 말에 조용히 두 사람을 지켜보았다.

"서류상으로는 아무런 이상이 없는데, 노태 오너 일가의 사고에서 뭔가 석연치 않은 점이 발견이 되었습니다."

최수환 국정원장은 석연치 않은 표정으로 설명했다.

"사망한 노태규 회장에게는 죽은 노인규, 노인수 두 사람 말고도 삼남인 노인규라는 아들이 한 명 더 있습니다."

하지만 오너 일가가 모두 사망한 비극 속에서도 삼남인 노인태는 발견되지 않았다.

최수환은 몇 장의 사진을 회의실 책상 위에 펼쳐 놓았다.

"노인태는 뉴 어스에서 사고를 당한 뒤 모처에서 치료를 받고 있었습니다만, 어느 순간부터 그 흔적이 사라졌습니다. 어디에서도 생활반응이 발견되지 않았습니다."

사진을 살펴본 노승민 대통령의 표정이 어두워졌다.

첫 번째 사진은 죽은 노태규 회장과 그 자식들이 찍은 가족사진이었다. 의자에 앉아 있는 노태규 회장 주위에는 노인규, 노인수 말고도 한 명의 사람이 더 서 있었다.

"그가 노인태입니다."

최수환이 설명했다.

문제는 그다음 사진이었다. 사고로 인해 일상생활이 아예 불가능할 정도로 심각한 정신병을 앓게 된 노인태가 아주 멀쩡한 모습으로 공항에 있는 사진이었다.

"그 사진은 노태 그룹 일가가 사망하기 불과 일주일 전에 찍힌 것입니다."

최수환이 덧붙이자, 노승민 대통령의 표정이 더 어두워졌다.

물론 이것만으로 노인태가 노태 그룹 일가의 사망에 무언가 연관이 있다고 보긴 어려웠다. 그도 어딘가에서 사망했을 수도 있고, 범인으로 지목된 노인규가 정신병을 앓고 있는 그는 경쟁자로 생각하지 않았기에 살아남았을지도 모른다.

하지만 의심할 여지가 없다고도 할 수 없었다.

노태 그룹 일가가 사망한 것을 기점으로 일본과 중국, 미국에서 대규모의 자본이 유입된 것이 포착되었다.

미리 잘 짜인 각본에 의해 연출한 것처럼 노태 그룹 오너 일가에 불행이 발생하고, 기다렸다는 듯 외국 자본들이 난

파선처럼 흔들리는 노태 그룹을 공격하기 시작하다니.

그것은 결코 우연이라고만 생각하기는 어려운 일이었다.

"일단 이자를 찾아내시오."

노승민 대통령이 침중한 얼굴로 말했다.

뭔가 흑막이 있는 것 같지만 아직 확신을 할 수는 없었다.

일단 사라졌다가 다시 등장한 노태규의 삼남인 노인태를 찾는 것이 의문을 해결하는 데 열쇠가 될 것이다.

"알겠습니다."

"이번 노태 그룹 계열사를 인수한 외국 기업들의 뒤를 좀 더 조사해 보시오."

"예."

지시를 내리는 노승민 대통령의 표정은 그 어느 때보다 굳어 있었다.

어떤 알 수 없는 일이 벌어지고 있는 듯한 나쁜 예감이 들었기 때문이다. 그것도 자신이 대통령으로 있는 조국을 향해 말이다.

한편 정진은 정신이 하나도 없었다.

드워프들의 마을을 돕기 위해 뉴 어스에 가 있는 동안 밀린 엑시온 제작을 하루라도 빨리 진행해야 했던 것이다.

거기에 미국에서 온 엘프들의 부탁까지 해결해 주려니 몸이 열 개라도 부족할 지경이었다.

노태 그룹에 무슨 일이 벌어졌든, 정진은 신경 쓸 겨를이 없었다.

오늘도 정진은 없는 시간을 쪼개 엑시온 제작을 하고, 4대 금지 중 한 곳인 죽음의 협곡에 엘프들의 보금자리를 만들기 위해 동분서주하고 있었다.

엑시온 제작이나 엘프의 보금자리를 만드는 데 드워프의 도움은 가뭄 속의 단비와 같았다.

비록 그에게 도움을 주기 위해 온 드워프는 다섯 명뿐이었지만, 그 적은 숫자로도 정진이 해야 할 일을 많이 줄여 주었다.

먼저 흑마법사들의 저주로 인해 죽음의 땅이 된 죽음의 협곡 입구에 설치할 결계를 보다 빠르게 건설할 수 있었다.

정진은 죽음의 협곡 입구를 중심으로 엘프가 아닌 이들이 쉽게 통과하지 못하도록 마법진을 설치했다. 접근하는 이들의 생명을 취할 생각은 없었기에, 살상 능력이 없는 환영 마법과 안개를 만드는 포그 마법을 결합하였다.

엘프가 아닌 사람이 마법진 안으로 들어서면, 한 치 앞도 분간할 수 없을 정도로 짙은 안개와 마주하게 된다. 그 속에서 보는 환영으로 인해 안개 속에서 방향 감각을 잃어버린 이들은 들어갔던 곳으로 다시 돌아 나오게 된다.

미로 마법진을 구축하기 위해 정진은 자신과 함께 온 드워프 다섯 명을 모두 동원해 빠르게 마법진을 구축하였다.

언제까지고 엘프들의 마을을 세워주는 일에만 여념할 순 없다. 우선적으로 터전이 될 죽음의 협곡을 다른 곳과 완전히 격리해 두고, 준비 작업을 하는 동안 엑시온 제작을 완전히 끝낼 생각이었다.

그 탓에 아케인 아카데미에서 마도 제국 시절의 유물을 살피느라 정신이 없던 드워프들이 모두 동원되었다.

처음 드워프들은 정진이 마법진을 그리는 것을 도와달라고 했을 때, 서로 떠넘기기 바빴다.

마법진을 만드는 일은 언제나 할 수 있는 일이지만, 알지 못하는 고대의 건축물을 관찰하는 것은 아무 때나 할 수 있는 일이 아니기 때문이다.

정진은 자신의 일을 도와준다면 언제든지 아카데미의 건축물을 살펴볼 수 있게 해주겠다고 설득했다. 거기에 드워프들이 관심을 보이고 있던 타이탄 제작에도 참여시키겠다고 하자, 더 이상 말할 필요도 없었다.

시간이 흐르고 완성된 엑시온에 마력을 불어넣던 것을 멈춘 정진은 작업을 하고 있는 사람들을 향해 소리쳤다.

"오늘은 이만 하겠습니다. 수고하셨습니다."

평소라면 편하게 말을 했겠지만, 현재 아카데미 한쪽에 있는 엑시온 공방에는 아케인 클랜 소속 마법사들뿐만 아니라 드워프들 또한 함께 작업을 하고 있었다.

엘프들과의 약속을 지키기 위해 죽음의 협곡에 그들이 살터전을 준비하는 작업이 끝나기 무섭게 정진은 드워프들과 타이탄의 심장인 엑시온을 만드는 데 전력을 기울였다.

정진이 좀 더 이기적으로 생각을 했다면 엘프의 일을 나중으로 미뤄두고 타이탄부터 만들었겠지만, 정진은 현재 돌아가는 국제 정세가 느긋하게 보아 넘길 수만은 없다고 판단했다.

아시아 북동쪽에 붙어 있는 작은 반도 국가. 한때는 이데올로기로 인해 남북이 반으로 갈라져 대립을 하기도 했다.

민주주의와 공산주의 진영이 첨예하게 대립을 하면서 한반도는 양 진영의 첨병이 되어 한민족이면서도 대립과 갈등을 해야만 했고, 그것은 대한민국이 다른 선진국들처럼 발전을 하는 데 걸림돌이 되었다.

대한민국은 민주주의 체제 아래 부단히 노력을 하여 전쟁의 잿더미 속에서 한강의 기적을 일으키면서 큰 발전을 하였다.

그러나 강대국들은 아직까지도 대한민국을 자신들의 봉처럼 생각하며, 생산하는 상품의 시장으로 남겨두고 싶어 했다. 그들은 언제나 교묘한 술책을 부려 대한민국 정부의 통일 노력을 번번이 수포로 만들었다.

한강의 기적을 본 강대국 입장에서는 반쪽인 대한민국의 저력만으로도 자신들을 위협할 정도로 발전을 하였는데, 만약 한반도가 화합과 통일을 이루게 된다면 더 이상 자신들의 시장이 아닌 경쟁자로 돌아설 것이 분명하기 때문이다. 그들은 자신들의 이득을 위해 정책적으로 통일을 방해한 것이다.

나중에야 이런 사실을 알게 된 대한민국 정부는 어떻게든 한반도 통일을 하기 위해 북한 정부에 유화적 조치를 취하고 여러 가지 지원 정책을 하였지만, 인간의 상식을 도외시하는 북한 정권은 이런 대한민국 정부와 국민들의 통일을 향한 소망을 이용하기만 했다.

강대국 정부와 권력자들은 대한민국의 이런 통일에 대한

소망을 야망으로 판단했다. 그들은 한반도를 영원한 시장으로 만들기 위한 음모를 꾸몄고, 대한민국의 경제를 파탄시켰다.

다행히 대한민국은 이러한 위기 속에서도 단시간에 국제통화기금(IMF)의 구제금융 체제를 탈피하고 정상 궤도로 진입했다.

그러나 얼마 되지 않아 국제적인 공황 사태가 발생했다.

그것은 바로 게이트와 몬스터의 출현이었다.

지구가 아닌 타 차원과 연결이 된 게이트를 통해 인간을 위협하는 몬스터가 출현하면서 인류는 커다란 위기에 처했다.

더욱이 한반도에는 운이 나쁘게도 세 개나 되는 게이트가 발생하고 말았다.

대한민국은 몬스터로 인해 겨우 올라선 궤도에서 다시 한번 미끄러져 시련을 겪어야 했다.

대한민국이 갑작스런 게이트와 몬스터의 등장으로 인해 정신을 차리지 못하고 있을 때, 가장 먼저 사태를 수습한 강대국들은 새롭게 확보한 자원인 마정석을 이용해 이전과는 다른 독점적 지위를 유지하며 새로운 질서를 만들어갔다.

한번 잡은 기득권을 놓지 않기 위해 그들은 자신들만의 이너 서클을 형성하였다.

하지만 최근 이런 질서에 균열이 발생하였다.

대한민국이 다시 한 번 기적과도 같은 발전을 이룩하기 시작한 것이다.

대한민국은 4차 몬스터 웨이브를 큰 피해 없이 무사히 막아냈을 뿐 아니라, 3차 몬스터 웨이브 당시 북한 정권이 완전히 무너지고 나서 몬스터들에게 점령되어 빈 땅으로 남아 있던 이북 지역을 탈환하였다.

그때부터였다. 세계를 이끌어가던 강대국들은 대한민국을 더 이상 함부로 대하지 못했고, 또 이전처럼 자신들만의 이득을 위해 국제 정세를 마음대로 조종할 수가 없게 되었다.

그러다 보니 강대국들의 이득이 줄어들게 되었고, 강대국들의 이득이 줄어든 만큼 대한민국은 부유해지기 시작했다.

게이트와 몬스터가 가장 먼저 나타났으며, 몬스터 산업이 가장 발전한 나라인 미국에 버금갈 정도로 대한민국의 몬스터 산업도 급격히 발전하기 시작한 것이다.

아머드 기어와는 비교할 수도 없는 막강한 대몬스터 병기 타이탄을 미국에 이어 두 번째로 개발에 성공을 하자, 다른 몬스터 산업 선진국들의 질시는 더욱 커졌다.

타이탄이 개발되기 전까지는 대한민국에서만 생산되고 있는 포션 탓에 언제나 한발 물러설 수밖에 없었다.

하지만 타이탄이 개발되면서 다른 나라들의 시선이 조금 달라졌다.

미국이 타이탄을 개발했을 때는 자신들과 미국의 국력 차이 때문에 어쩔 수 없다고 생각하던 그들은, 대한민국에서 타이탄이 개발되고 생산이 되자 불만을 가지게 되었다.

언제나 자신들보다 한 수 내지는 몇 수 아래라 생각하던 작은 나라가 자신들을 앞지른 것에 질투를 넘어서 적개심을 가지게 된 것이다.

각 나라들은 대한민국에 산업 스파이를 파견하는 것은 물론, 온갖 정보 조직을 이용해 대한민국이 개발한 타이탄의 비밀을 알아내기 위해 노력했다.

하지만 아무리 노력을 해도 타이탄에 대한 정보를 빼낼 수 없자, 그들은 점점 노골적으로 대한민국을 압박하기에 이르렀다.

정진은 이러한 주변 강대국의 흐름을 진즉부터 예측하고 있었다.

이는 인간 본연의 이기심에서 비롯된 것이기에 어려운 예측도 아니었다.

정진은 급하게 뉴 어스에 더 많은 안전한 쉘터를 건설하고, 보다 많은 타이탄을 확보하기 위해 노력했다.

정진이 드워프에게 도움의 손길을 뻗은 것은 그들이 정진을 도와주기로 약속했기 때문만은 아니었다. 유럽연합의 힘이라고 할 수 있는 그들을 빼돌림으로써 약화시키려는 의도도 섞여 있었다.

다른 나라들의 압력에도 아무런 장애를 받지 않기 위해선 아직 아케인 클랜과 대한민국에 시간이 조금 더 필요하기 때문이다.

그런데 생각지도 않은 엘프의 출현으로 정진의 계획이 꼬여 버렸다.

엘프를 만나는 것은 클랜과 대한민국이 어느 정도 안정권에 들어선 뒤 따로 시간을 내려 했는데, 아직 준비도 하기 전에 나타나 의뢰를 하고 돌아간 것이다.

그렇다고 엘프들이 요청한 의뢰를 들어주지 않을 수도 없었다.

엘프들이 처한 상황은 드래곤 산맥에 고립되어 있던 드워프들 못지않게 위급했다.

드워프가 드래곤 산맥의 어마어마한 몬스터의 공격에서

생존의 위협을 느꼈다면, 엘프는 지구의 희박한 마나 분포로 인해 멸족의 위기를 겪고 있는 중이다.

앞으로 얼마나 시간이 남아 있을지는 아무도 모른다. 엘프답게 삶을 살기 위해선 고향인 뉴 어스로의 복귀가 절실했다.

하지만 엘프들을 보호하고 있는 미국이 순순히 엘프들을 뉴 어스로 보내주리라는 보장이 없었다.

미국의 몬스터 산업에서 엘프들이 차지하는 비중은 막대할 것이다. 미국은 결코 엘프를 포기하려고 하지 않을 것이 분명했다.

아마 엘프들이 이대로 가다가는 멸종을 한다는 사실을 알게 된다고 해도 그 입장은 바뀌지 않을 것이다.

미국은 엘프들이 뉴 어스로 돌아가는 것보단, 멸족하는 것이 더 낫다고 판단할 것이 분명했다.

혹시 엘프들이 뉴 어스로 돌아갔다가 다른 나라와 손을 잡게 된다면 지금의 입지가 흔들릴 것이다. 차라리 그렇게 되는 것보다는 엘프가 멸족하는 것이 미국의 입장에서는 더 좋았다.

아마 미국은 엘프가 뉴 어스로 돌아가려는 낌새만 보여도 지금과는 다른 반응을 할 것이다.

이 부분을 해결하는 데만도 적지 않은 시간이 걸릴 것이고, 미국과 엘프들 사이에서 해결해야 하는 문제다.

정진은 엘프들이 미국 쪽과 이야기하는 동안 미리 그들이 살 터전을 만들어놓고, 밀린 엑시온 제작을 하기로 한 것이다.

하지만 오성이나 성대 그리고 신세기 등 세 그룹에 납품해야 할 엑시온을 기간 내에 맞추기란 참으로 빠듯했다.

로봇을 최대한 가동을 한다고 해도 시간이 부족해 기간 내에 납품을 하기 어려웠다.

그런데 이때 구원투수가 등장을 했다. 바로 드워프들이었다.

슈인켈을 비롯한 다섯 명의 드워프들이 정진의 일을 도와주겠다고 나선 것인다.

정진은 쌍수를 들고 환영했다.

장인 종족이라는 말을 듣고도 정진은 그리 큰 기대를 하지 않고 있었다.

예전 드워프들도 타이탄을 만들었다고 하지만, 현재의 드워프들은 고대의 기술을 많이 잃어버려 타이탄에 관한 기술은 하나도 남은 것이 없기 때문이다.

하지만 그것은 너무 표면적인 생각이었다.

드워프들은 소설이나 신화에 나오는 장인 종족이 맞았다.

드워프들은 컴퓨터로 제어하는 로봇이 새기는 것보다 훨씬 빠른 속도로 엑시온 표면에 마법진을 새길 수 있었다. 덕분에 정진의 일이 획기적으로 줄어들었다.

이전까지는 정진과 동생들이 엑시온에 들어가는 재료들을 준비하고 조립하면, 로봇이 표면에 마법진을 세공하고, 최종적으로 정진이 엑시온에 마력을 불어 넣어 완성했다.

이렇게 만든 엑시온을 심장 이식 수술을 하듯 타이탄의 몸체에 이식한 뒤, 최종적으로 마력을 조절하면 타이탄이 만들어진다.

완성된 타이탄은 타이탄 오너와 계약을 하면서 깨어난다.

그런데 슈인켈을 비롯한 드워프들이 작업에 착수하자, 정진과 동생들의 일이 확 줄어들었다.

드워프들은 엑시온의 재료들을 조립하여 마법진을 세공하는 것까지 해주었다. 덕분에 하나하나 조립하고 있을 필요 없이, 마법사인 정진과 동생들은 드워프가 조립한 엑시온에 마력을 불어 넣는 일만 하면 되었다.

드워프들의 도움으로 작업이 빨라지면서 오성과 성대, 그리고 신세기 그룹에 날짜에 맞춰 엑시온을 모두 납품할 수 있었다.

아예 앞으로 작업할 분량까지 어느 정도 만들어 여유가 생기면서, 현재 생산하는 워리어급 타이탄이 아닌 그 위의 나이트급 타이탄도 연구할 수 있는 시간이 생겼다.

✝   ✝   ✝

일과를 마치고 아케인 쉘터에서 잠시 신림동 아케인 빌딩으로 돌아온 정진의 앞에, 세계 3대 정보 조직이자 정진과 협정을 맺은 블루 뱀브의 한국 지부장인 송소림이 찾아왔다.

"잠시 이야기 좀 할 수 있겠습니까?"

막 퇴근을 하려던 정진은 갑자기 이야기를 하자고 찾아온 송소림을 물끄러미 바라보았다.

'무슨 일이지?'

정진은 고개를 갸웃거리다, 일단 몸을 돌려 다시 집무실 안으로 향했다.

"들어오시죠."

정진은 안쪽에 있는 소파로 송소림을 안내했다.

"뭔가 마시겠습니까? 커피나, 아니면 녹차?"

이미 늦은 시각이라 다른 직원들은 퇴근하고 없었다. 조용히 소파에 앉아 있던 송소림이 고개를 들었다.

"녹차로 하겠습니다."

정진은 간단히 차를 끓여 테이블 위에 올려두고, 다시 자리에 앉았다.

"무슨 일입니까?"

송소림은 조금 초조한 표정을 짓고 있다가, 알려줄 정보가 있다는 말로 운을 떼었다.

"아시고 계신지 모르겠지만, 현재 한국을 상대로 저들이 공작을 시작했습니다. 그것을 알려드리기 위해 찾아왔습니다."

블루 뱀브 본사에서는 세계 각국에서 대한민국을 상대로 음모를 펼치고 있음을 눈치채고, 이를 정진에게 알려주기 위해 그녀를 보낸 것이다.

송소림의 경고를 들은 정진의 표정도 그리 좋지 않았다.

자신이 생각한 것보다 저들이 빠르게 움직이고 있었다.

정진은 유럽에 있는 드워프들을 모두 빼돌린 뒤쯤, 이너 서클에 속한 이들이 압박을 가할 것이라 생각했다.

"얼마나 진행이 된 거죠?"

송소림은 아무런 표정 변화 없이 본사로부터 들은 내용을 그대로 들려주었다.

"현재 대한민국을 압박하는 세력은 미국 정부와 유럽연합의 뒤에 있는 로스차일드, 중국 정부와 중국 최대 헌터 문파인 구룡문, 그리고 일본 정부입니다. 이중 가장 적극적으로 움직이고 있는 곳은 일본과 로스차일드입니다."

정진은 미간을 찌푸렸다.

예전부터 일본은 유독 대한민국과 사이가 좋지 않았다. 특히 2차 대전 당시 벌어진 전쟁범죄나 영토 문제, 이후 잘 못을 시인하지 않고 계속 말을 바꾸는 태도 등이 문제가 되어 서로의 감정이 좋지 않은 것이 사실이었다.

그런데 생뚱맞게 갑자기 로스차일드라니, 그들이 무엇 때문에 대한민국을 압박한다는 말인가?

표면적으로 동맹국인 미국과 바로 옆 나라인 중국도 대한민국을 압박하는 일에 협조를 하고 있는 것에 심기가 불편해졌다.

앞으로의 일은 누구보다 신속하고 완벽하게 처리되어야 한다. 그의 목표를 이루기 위해서는 지금이 무엇보다 중요한 시기였다.

정진은 자신의 계획에 훼방을 놓는 다른 나라들에 찾아가 마법이라도 난사하고 싶은 기분이었다.

그러나 마음이야 그렇다고 해도, 현실적으로 그렇게 한다고 해서 저들이 압박을 그만둔다는 보장은 없었다.

정부를 건드리는 것도 꺼림칙하지만 웬만한 국가가 끼칠 수 있는 정도를 아득히 초월하는 영향력을 가진 로스차일드 같은 경우, 본거지를 찾는 일도 어렵다. 보복한다고 일이 확실히 해결되지도 않는다.

그런 사실 또한 알고 있는 정진은 한숨만 푹 내쉬었다.

"무엇 때문에 그러는 것인지는 알 수 있습니까?"

"아무래도 제 생각에는 자신들보다 한참 아래라 생각했던 대한민국이 자신들과 어깨를 나란히 하는 것에 심기가 불편해 그런 것이 아닌가 싶습니다. 본사에서도 그렇게 판단하고 있습니다."

"참……."

정진은 허탈한 얼굴로 다시 한숨을 내쉬었다.

세계를 좌지우지하는 자들의 심보라고는 생각할 수 없을 만큼 치졸한 이유였다. 아니, 원래 그랬기 때문에 그런 지위에 오른 것인지도 모른다.

"저들은 자신들의 정체를 드러내지 않기 위해 기업인들을 전면에 내세웠지만, 저희 블루 뱀브에서는 이미 그 기업들의 뒤에 저들이 도사리고 있음을 파악했습니다. 특히……."

송소림은 그동안의 조사 과정에 대해 좀 더 세세하게 설명해 주었다.

블루 뱀브에서는 노태 그룹이 여러 조각으로 분리되어 외국 기업에 넘어간 이번 사건이 결코 정상적이지 않음을 파악하고 바로 조사에 들어갔다.

그들은 이 사건이 한 단체나 나라의 힘이 아닌, 여러 조직과 정부에서 관여했음을 알게 되었다.

지금이야 노태 그룹만 흡수당했다지만, 앞으로가 문제였다.

대한민국 정부도 바보만 있는 것은 아니다. 대기업인 노태 그룹이 어처구니없게 외국인들의 손에 넘어간 일에 뭔가 흑막이 있음을 깨닫고 대책을 세우고 있었다.

하지만 역대 정권 중 가장 우수하다는 현 정부 조직도 지금 대한민국을 공격하는 이들의 정체까지는 파악하지 못했다.

아니, 배후를 알게 되더라도 상황은 변하지 않을 것이다.

대한민국을 공격하는 이들이 최종적으로 얻고자 하는 것은 분명했다. 그들은 그것들을 얻기 전에는 결코 공격을 늦추지 않을 것이다.

"저들의 최종 목표는 클랜장님께서 가지고 계신 포션 제조법과 타이탄의 설계도, 개발 일지일 겁니다."

송소림은 자신의 생각이 맞을 것이란 확신을 가지고 있었다.

정진의 생각도 크게 다르지 않았다. 저들이 노릴 만한 물건이 달리 없었다.

하지만 자신의 것을 누군가에게 빼앗길 생각은 전혀 없었다.

만약 저들이 노태 그룹이 아닌 아케인 클랜을 노렸다면, 지금처럼 있지도 않았을 것이다. 처음 생각한 것처럼 직접 그곳으로 쳐들어가 공격을 해도 그들은 자신에게 손가락 하나 댈 수 없을 것이다.

아직 아케인 클랜이 직접적인 피해를 입은 것이 아니기에 여유를 가지고 생각하고 있을 뿐이다.

"저들은 그렇다 치고, 블루 뱀브는 어떻게 할 생각입니까?"

정진은 일단 적과 친구를 구별해야 할 필요성이 있다고 생각했다.

대답하려던 송소림은 움찔하며 말을 아꼈다.

자신을 바라보고 있는 정진의 눈빛은 먹이를 노리는 맹수와 같았다. 지금의 대답 하나로 자신이 속한 블루 뱀브의 운명이 좌지우지될 것이다.

"말씀해 보세요."

정진은 차분한 목소리로 송소림을 주시하며 물었다.

송소림은 더 이상 말을 하지 않는다면 좋지 못할 것이란 예감에 얼른 대답을 하였다.

"저희 블루 뱀브는 전에 그랬던 것처럼 정정진 클랜장님 과 앞으로도 계속해서 함께할 것입니다."

송소림은 애써 떨리는 가슴을 억지로 진정시켰다.

"저와 함께 하겠다고요? 저들은 국제적인 집단인데도 말입니까?"

별거 아닌 것처럼 말하고 있지만, 아무런 고저도 없는 목소리가 더욱 그를 압박해 왔다.

송소림은 식은땀이 흐르는 듯했다.

"물론 현재 한국을 공격하고 있는 이들이 거대한 집단이라 하지만, 그들이 가진 명분은 한계가 있습니다. 더욱이 대한민국을 경제적으로 고립을 시키려 하고 있지만 대한민국이 가지고 있는 것은 그렇게 단순한 것이 아니고, 그것을 노리는 이들은 모두 다른 이들과 나눠 가지려 하지 않을 겁니다."

즉 저들이 손을 잡고 대한민국을 공격하는 것 같아도, 그들은 욕심으로 가득해 있기에 한 편이라고 볼 수 없다는 것이다.

중국, 미국, 일본, 그리고 로스차일드와 구룡문 모두가 대한민국이 보유한 포션 제조법과 타이탄의 설계도를 차지하기 위해서 서로를 공격할 수도 있다.

정진은 눈을 감으며 생각에 잠겼다.

송소림은 속으로 안도의 한숨을 쉬었다.

조금 전 정진의 눈빛은 오랜 기간 정보 조직을 운영하면서 산전수전 다 겪은 그녀라도 심장이 두근거릴 정도였다.

"이야기 잘 들었습니다. 이번 블루 뱀브의 도움에는 조만간 보답하겠습니다."

눈을 뜬 정진은 평소와 똑같은 얼굴로 송소림을 향해 미소 지으며 자리에서 일어났다.

송소림도 얼른 자리에서 일어났다.

정진이 타준 녹차는 한 모금도 줄지 않은 채 그대로 있었다.

송소림이 자리를 떠나자, 정진은 창밖을 보며 다시 생각에 잠겼다.

'너무 안이하게 생각했나?'

너무 급하게 타이탄을 선보인 것은 아닌가, 정진은 생각했다.

포션만 가지고 있을 때는 적당한 수량을 풀었기에, 저들도 욕심을 내면서도 황금알을 낳는 거위의 배를 가르는 짓이라 생각했을 것이다.

그런데 타이탄을 선보임으로써, 저들은 욕심에 눈이 멀어 오판을 하고 말았다.

†   †   †

"후후후!"

신문을 보고 있던 노인태는 사회 1면에 나와 있는 기사를 보며 차가운 미소를 지었다.

그것은 듣는 이로 하여금 왠지 움츠러들게 하는 섬뜩한 느낌이 가득 묻어 있었다.

하지만 그럼에도 불구하고 그의 주변에는 많은 사람들이 있다. 이제 예전의 무능력하고 멍청한 그가 아니다.

"태랑, 뭘 보고 있어요?"

오보카타 루코가 아침부터 신문을 보는 노인태에게 다가왔다.

"내 생각보다 많은 자들이 한국을 싫어하는 것 같아."

보고 있던 신문을 내려놓은 노인태가 한쪽 입꼬리를 올리며 말했다.

그러자 루코는 빙그레 미소를 지었다.

"사람은 제 분수를 알아야 해요. 조선인들은 제 분수도 모르고 너무 날뛰었기에 적도 많은 거죠."

루코는 처음 노인태가 정신을 차렸을 때와는 다르게 무척이나 직설적으로 대답을 하였다.

그녀는 노인태가 자신이 태어난 나라를 어떻게 생각하는지 잘 알았다.

노인태는 태어난 나라는 물론이고 자신을 버린 가족들까지 증오하고 있었다. 루코는 그를 자신의 배경으로 끌어들이기 위해 노인태의 비위를 맞추며 그가 하려는 일에 협조를 하였다.

그 결과가 현재 대한민국에 벌어지고 있는 제2의 외환 위기다.

1990년대 발생한 외환 위기가 고도 성장을 하는 과정에서 미래에 대한 장밋빛 낙관론으로 인한 오판으로 벌어진 일이라면, 이번 제2의 외환 위기는 한국을 탐탁지 않게 생각하는 외부 세력에 의해 벌어진 위기였다.

물론 그것은 1차 외환 위기를 겪고 나서도 재벌 위주의 경제 정책을 유지하다가 벌어진 것이지만, 노태 그룹의 갑작스런 몰락이 아니었다면 벌어지지 않았을 사고였다.

즉, 노인태가 자신의 아버지와 형제들을 사고를 위장하여 죽이지 않았다면 일어나지 않았을 일이다.

사실 노인태 자신도 일이 이렇게까지 커질 거라고는 짐작하지 못했다.

그저 자신을 버린 가족들에 대한 복수심에 벌인 우발적인 사고였다.

노인태 본인도 지금의 성격이 예전 자신과는 많이 다르다는 것을 인지하고 있었다.

예전에도 안하무인에, 자신의 이익을 위해서라면 물불을 가리지 않는 과격한 성격이긴 했지만 지금과는 달랐다.

지금은 앞뒤 재지 않고 과감하게 손을 쓰고, 그로인해 자신에게 불리한 상황이 발생하더라도 일단 저지르고 보았다.

보통 사람이라면 이렇게 성격이 바뀐 것에 괴리감을 느껴 자아가 붕괴될 수도 있겠지만, 노인태는 아무런 거부감을 느끼지 못했다.

정신 이상에서 벗어나면서 노인태는 현재의 자신과 과거의 자신을 별개의 존재로 인식하고 있었다.

물론 처음부터 이러지는 않았다.

노인태는 정신이 깨어나는 과정에서 타이탄의 자아와 계약을 함으로써 새로운 전환점을 맞았다.

타이탄의 자아는 자신의 마스터인 노인태가 정신 이상이 되는 것을 용납하지 않았다. 타이탄 아이번은 강제로 그의 정신을 제어하기에 이르렀다.

그 때문에 정신이 붕괴될 위기에서 새로운 인격이 형성되었다.

노인태의 타이탄이 된 아이번은 과거 자신의 마스터의 성향을 그대로 노인태의 자아에 이입해 성향을 만들어 냈다.

귀족이고 또 영지의 후계자였던 아이번의 전 마스터는 실력에 비해 자신의 신분이나 혈통에 대한 자부심이 대단한 자였다.

지극히 오만했고, 자신보다 신분이 낮은 이에 대해 하찮게 생각하며, 세상이 자신을 중심으로 돌아간다고 생각하던 참으로 오만한 성격을 가진 이였다.

그리고 그것은 최고의 마도 병기인 타이탄의 자아인 아이번의 자아와도 잘 맞았다.

사실 타이탄은 비단 아이번뿐만 아니라 거의 모든 타이탄의 자아가 이렇게 오만했다. 이는 타이탄을 제작하는 마법사들의 성향이 그렇게 오만했던 데서 비롯되었다.

아이번의 개입으로 인해 노인태는 마치 정신분열증 환자처럼 자아가 갈라졌다.

예전처럼 소심하면서도 욕심이 많은 자아, 아무리 흉폭한 몬스터와도 싸움에 물러나지 않는 호전적인 자아, 그리고 이런 자아들의 성격을 모두 섞어놓은 듯한 음험하고, 욕심많고, 또 흉폭하고 파괴적인 성향이 짬뽕된 자아를 가지게 되었다.

그리고 가장 주된 인격은 바로 흉폭하지만 그런 성향을 겉으로 잘 드러내지 않고 적절히 이용할 줄 알고 있는 가장 위험한 자아였다.

지금도 자신이 벌인 패륜적인 일로 인해 벌어진 사태를 보며 즐거워하고 있지 않은가.

루코는 이런 노인태의 성향을 가장 먼저 발견하고, 적절히 어떤 자아가 표면에 나왔는지 캐치를 하여 대응을 하였다.

그 결과, 그녀는 현재 일본 초인 연구소의 소장인 이시히지로 다음으로 큰 영향력을 행사하는 사람이 되었다.

이런 2인자 자리도 노인태가 있기에 가능한 것이었다.

초인 연구의 마루타였던 노인태가 통제력을 상실하면서 절반의 성공에 그치고 말았지만, 그럼에도 루코가 연구소 2인자가 될 수 있었던 것은 바로 노인태가 타이탄의 마스터가 된 일 때문이었다.

노인태와 루코는 이제는 부부와 비슷한 관계다.

루코는 자신의 야망을 위해서 노인태와 떨어질 수 없고, 노인태 또한 이젠 루코뿐이다.

이미 가족은 오래전 그를 버렸고, 그 또한 자신을 버린 아버지와 형들에게 복수를 위해 그들을 죽였다.

그렇다고 아버지와 형제들이 죽었다고 자신이 회장이 될 수도 없다는 것도 알고 있었다.

오래전 정신병으로 정상적인 생활을 하지 못한다고 판단이 되어 일본의 시설로 보내진 것으로 서류가 정리되었다.

지금 정상이 되었다고 의사가 소견서를 내준다 해도 그룹 이사회와 주주들이 그가 오너의 자리에 앉는 것을 찬성할 리 없었다.

더욱이 오너가 되기 위해선 주식의 51%를 차지해야 한다. 다른 기업들에 비해 보유 주식이 많던 노태 그룹 오너 일가지만 노인태가 재산을 상속하여 권리를 주장하려면 많은 지분을 상속세로 국가에 납부를 해야 한다.

그렇게 되면 어차피 51%를 차지할 수 없게 되기에, 노인태는 괜히 자신을 노출하여 위험을 자초하기보다는 깔끔하게 포기했다.

괜히 자신을 드러냈다가 복수해야 할 존재에게 자신을 알릴 위험이 있기 때문이다.

노인태는 아직도 정진에 대한 복수를 포기하지 않았다.

아니, 처음 정신을 차렸을 때만 해도 복수를 꿈꾸지 않았다.

수년 전 몬스터에게 잡아먹힐 뻔한 위기를 겪은 그는 그모든 것이 정진에 의해 벌어진 일이란 것을 깨닫고 포기를했다.

하지만 타이탄의 자아인 아이번과 깊은 대화를 하고, 또일본 초인 연구소가 가진 힘을 알게 되면서 음험한 예전의성향이 깨어났다.

그래서 일단 자신을 버린 가족들에게 복수를 하고, 한국이 가진 기술을 노리는 일본을 오보카타 루코를 통해 자극을 하였다.

결과적으로 그 계획은 성공적이었다.

자신이 계획한 것보다 더 규모가 커졌지만 아무래도 상관없었다.

오히려 자신의 최종적인 복수 대상인 정진에게 더욱 큰압박을 줄 수 있다는 것이 기뻤다.

다만 자신의 손으로 복수를 완성할 수 없다는 것이 조금 짜증 날 뿐.

노인태가 정진의 저주 마법에서 벗어나기는 했다지만, 영혼 깊은 곳에 새겨진 흔적은 쉽게 가시는 것이 아니다.

특히나 아머드 기어 다섯 기를 순식간에 부숴 버리고 자신을 산 채로 삼키려던 거대한 몬스터를 다루는 정진의 모습은 타이탄 마스터가 된 지금도 함부로 복수를 시도하려는 생각을 하지 못하게 만들었다.

"그렇지, 포션이나 타이탄이 있다고 해도 너무 다른 나라와 각을 세우긴 했지."

루코의 말에 노인태는 코끝을 찡긋하며 말했다.

"그건 그렇고 무슨 일로 아침부터 찾아온 거지?"

"당신도 우리가 던전을 발견한 것은 알고 있죠?"

루코는 노인태를 주시하며 물었다.

한편 노인태는 루코가 말하는 던전에 대해 생각을 하였다. 그리고 그게 어떤 것을 말하는 것인지 금방 깨달을 수 있었다.

일본은 뉴 어스에서 상당히 많은 던전을 발견했지만, 하나같이 다른 여러 나라에서 발견한 던전들과 하등 다를 것이 없었다.

얼마 전 발견된 던전은 아직까지 아무런 결과물도 보고되지 않았을뿐더러, 상당한 피해만 양산했다.

500억 엔이란 천문학적인 자금을 던전 발굴에 투입하고 던전 발굴에 일가견이 있는 전문 인력을 모두 투입했는데, 얻은 것이라고는 그 던전이 아직 기능이 정지한 던전이 아니며 던전 내에 상당한 몬스터가 서식하고 있다는 사실뿐이었다.

몬스터의 습격과 던전 내 함정으로 인해 많은 사상자가 나왔다.

하지만 이처럼 아직도 활성화된 던전에는 엄청난 아티팩트들이 많은 것이 일반적이었다.

일본 정부는 이 던전의 존재를 비밀로 붙이고, 많은 인명 피해에도 불구하고 계속해서 던전 개발을 추진하는 중이었다.

"설마 내가 필요한 건가?"

노인태는 단도직입적으로 물었다.

"맞아요. 당신, 아니, 태랑의 타이탄이 필요하다는 것이 정확한 말이겠네요."

오보카타 루코는 노인태를 보며 오늘 자신이 노인태를 찾아온 용건에 대해 자세히 들려주었다.

루코의 이야기를 모두 들은 노인태는 생각에 잠겼다.

　아머드 기어로는 도저히 감당할 수 없는 몬스터가 존재한다는 말에 작은 동요가 일기는 했지만, 한편으론 위험한 몬스터와 싸우고 싶은 욕구도 덩달아 커졌다.

　비록 실패를 하기는 했지만 맨몸으로 트윈헤드 오거를 상대한 경험도 있지 않은가. 호승심이 일었다.

Chapter 3
음모자들의 선택

　드넓은 평원, 쏟아지는 태양, 그리고 시원하게 불어오는 바람. 아무런 장애물도 없는 넓은 평원을 달리는 몬스터가 있었다.

　마치 질풍처럼 넓은 평원을 달리는 몬스터는 등에 누군가를 태우고 있었다.

　"여긴 달려도 달려도 끝이 없네!"

　거대한 레피드 타이거인 타라칸의 등에 타고 편하게 가고 있었지만, 벌써 몇 시간째 계속되는 같은 풍경에 완전히 질려 버렸다.

　현재 정진은 아케인 클랜의 근거지이자 최초의 쉘터인

아케인 쉘터에서 서쪽으로 한참 떨어진 곳을 달리고 있었다.

아케인 쉘터를 떠나온 지 벌써 이틀이 되었다.

정진이 이렇게 먼 곳까지 온 것은 혹시나 있을지 모르는 정부의 압박에서 벗어나기 위해서다.

그것은 바로 현재 대한민국을 상대로 벌어지고 있는 이너 서클의 공격 때문이었다.

혹시나 그들의 압력을 버티다 못한 대한민국 정부가 항복을 하고 자신에게 포션의 제조법을 내놓으라고 할 수도 있다고 판단한 것이다.

일단은 시간을 벌어야 한다고 결론을 내린 정진은 뉴 어스로 자리를 피했다.

정상적인 상태라면 아무리 정부라도 개인의 소유물을 억지로 뺏어갈 수는 없다.

하지만 상황이 상황이다 보니, 가능성이 아예 없다고 보기도 힘들었다.

정부에서 그렇게 하지 않더라도 이번 사태를 일으킨 단체와 비밀 협정을 하고, 그들이 수작을 벌였을 때 모르는 척 눈을 감을 수도 있다.

그러니 아예 그런 빌미를 주지 않기 위함이었다.

포션의 제조법과 타이탄 제작의 핵심을 알고 있는 자신이 사라진다면 정부에서도 어쩔 도리가 없을 것이다.

자신 외에도 마법을 알고 있는 동생들이 조금 시달리겠지만, 자신의 신병을 확보하지 못한 상태에서 괜한 일을 벌이지는 않을 것이다.

또 다른 목적도 있었다. 바로 지금 달리고 있는 평야가 오래전 왕국 시절 뉴 어스 최대의 곡창지대였다는 것을 로난으로부터 들었기 때문에, 확인하기 위해서였다.

뉴 어스는 지구보다 마나의 농도가 훨씬 짙다.

환경오염도 되지 않았기에, 지구는 뉴 어스의 환경과 비교가 되지 않았다.

그 말은 뉴 어스가 인간이 살기에 더욱 좋은 환경이란 소리였다. 다만 뉴 어스에는 인간을 위협하는 몬스터가 있을 뿐이다.

정진은 일단 로난이 알려준 땅을 살피고, 주변에 어떤 위협이 있는지 알아보기 위해 조사차 온 것이다.

로난이 알려준 평원은 정진이 상상한 것보다 훨씬 넓은 땅이었다.

이틀을 달려 도착한 이 땅은 벌써 수 시간째 타라칸을 타고 달리는데도 끝이 보이지 않았다.

수백 년을 관리를 하지 않아 잡풀이 무성히 자라기는 했지만, 언뜻 살피기에도 인간을 위협할 만한 몬스터가 그리 보이지 않았다.

몬스터가 아예 없는 것은 아니었으나, 대부분 소형이거나 비교적 약체로 평가되는 고블린이나 코볼트와 같은 것들뿐이었다.

영원의 숲 서쪽에 분포하는 블러드 고블린처럼 변종이 아니라, 그저 흔한 고블린과 코볼트였다.

즉, 이곳 평원에 살고 있는 몬스터는 대부분 경쟁에서 밀려난 작은 몬스터들이다.

그들 역시 보다 쉬운 먹잇감을 구하기 위해 평원으로 나와 자리를 잡았을 테니, 몬스터들이 아닌 작은 짐승들이나 열매 등이 풍부할 것이다.

어쩌다 한 번 오크가 보이기는 했지만, 개체 수가 그리 많지 않았다.

나머지는 인간들이 사라지고 어떻게 살아남은 가축들이 야생화 된 짐승들이 대부분이었다.

"땅을 일구고 터전을 만든다면 금방 자리를 잡을 수 있겠는걸."

정진은 타라칸의 등 위에서 그렇게 중얼거렸다.

아닌 게 아니라 위협적인 포식자가 별로 없다 보니 평원에는 들소 비슷한 짐승들과 야생 멧돼지와 같은 생김새의 짐승들이 참으로 많이 서식했다.

야영을 하면서 그것들을 잡아 먹어보았는데, 타라칸과 같이 먹는데도 단 한 마리만으로도 충분히 식사를 할 수 있었다.

정진이 먹어야 얼마나 먹겠느냐마는, 거대한 덩치에 운동량이 많은 타라칸은 엄청난 양의 먹이를 필요로 한다.

한데 평야에 살고 있는 야생 멧돼지나 들소들은 지구의 그것과는 비교할 수 없을 만큼 컸다.

로난은 자신이 봤을 때보다 거대해지기는 했지만 들소와 멧돼지가 맞다고 설명했고, 정진은 놀라움을 감추지 못했다.

배부르게 먹고도 남아서 아공간에 보관해 놓기까지 했다. 맛도 누린내가 조금 나긴 하지만 참고 먹을 만한 정도였고, 냄새만 어떻게 한다면 오히려 지구의 고기들보다 맛이 좋았다.

정진은 이곳 평원의 크기를 우선 가늠하기 위해 계속 달려보고 있었는데, 아무리 달려도 끝이 보이지 않으니 한숨이 나왔다.

— 정진! 지루하더라도 조금만 참아라! 조금만 더 가면 호수가 나올 것이다.

정진이 드넓은 평원의 모습에 조금 지루해하는 기미가 보이자 목걸이 속에 있던 로난이 정진에게 말을 걸었다.

"호수?"

정진은 로난이 호수를 언급하자 눈을 동그랗게 뜨며 물었다.

하긴 이렇게 넓은 평원이 유지가 되려면 충분한 수원이 필요할 것이다.

'지금까지 전혀 보이지 않아 의아했는데, 호수가 있었구나.'

사실 조금 이상하다고 생각하고 있었다.

이렇게 넓은 평원이 유지가 되려면 많은 수자원이 필요하다. 하지만 그 어느 곳에서도 그만한 물길이 보이지 않았다.

그렇다고 이렇게 넓은 평원 지하에 지하수가 사통팔달로 뻗어 있을 것이라고는 생각지 않았다.

물론 간간이 개울이나 늪지가 있기도 했지만 그것만으로는 이렇게 넓은 평원을 뒤덮은 풀들이 빨아들이는 수분을 감당할 수 없다.

"그 호수는 어느 정도로 크지? 이렇게 넓은 평원에 물을 공급하려면 평범한 크기로는 불가능할 텐데."

― 이곳은 데메르의 평원이다. 평원 중앙에 자리잡은 데메린 호수의 크기는 가장 긴 폭이 너희들의 기준으로 300㎞에 조금 못 미치고, 가장 좁은 곳이 100㎞가 조금 넘는다.

정진은 호수의 엄청난 넓이에 놀라며, 지루함을 잊고 조금 뒤 나올 호수의 풍경을 상상하기 시작했다.

✝   ✝   ✝

쾅!

"그게 무슨 말입니까? 슈퍼 301조라니요? 그게 지금 말이 되는 소립니까?"

노승민 대통령은 느닷없는 산업부 장관의 보고에 화가 나 테이블을 내리쳤다.

"음, 그게 말입니다."

산업부 장관은 자신의 보고에 호통을 치는 대통령의 말에 움츠리며 인상을 찡그렸다.

자신이 잘못한 것도 아닌데 계속해서 그렇게 있다가는 더한 말을 들을 수 있다. 그는 얼른 대답했다.

"미국은 저희가 독점적인 지위를 이용해 포션으로 독과점적 이득을 취하고 있는데, 이를 개선할 노력을 하고 있지 않다며 보복 조치로 사장되었던 슈퍼 301조를 들고 나왔습니다. 저희가 수출하는 품목들에 대한 관세를 높이겠다고 합니다."

산업부 장관은 미국이 보내온 공문의 내용을 보고하면서 식은땀을 흘렸다.

하지만 보고는 이것만이 아니었다.

"그리고 이런 조치는 미국뿐만이 아니라 일본과 중국 또한 같은 입장을 표했습니다."

"뭐요? 미국뿐만 아니라 지금 일본과 중국 두 나라도 우리에게 무역 보복을 하겠다고 했다는 말입니까?"

보고를 받은 노승민 대통령은 어처구니가 없어 입을 떡 벌렸다. 보고를 하던 산업부 장관은 차마 그의 얼굴을 똑바로 바라보지 못했다.

"예, 그렇습니다."

"음, 그나마 EU에서는 아무런 말이 없었나 보군요."

노승민 대통령은 힘없이 말했다.

"그게, 정보에 의하면 유럽에서도 비슷한 논의가 있기는 했지만, 무슨 이유에서인지 의장국인 독일에서 반대를 하는 바람에 받아들여지지 않았다고 합니다."

"그래요?"

"예. 아무래도 얼마 전 아케인 클랜의 클랜장인 정정진 클랜장이 독일로 갔던 일 때문이 아닌가 싶습니다."

"정정진 클랜장 말입니까."

노승민 대통령은 산업부 장관의 말에 고개를 갸웃거렸다.

정진이 대단한 것은 알고 있었지만, 국가적인 일에 그들이 나서지 않고 안건을 폐지했다는 것은 예상 외였다. 다행스러운 일이긴 하지만 말이다.

노승민 대통령은 복잡한 표정을 감추지 못했다.

미국과 일본, 중국이 한꺼번에 무역 보복 조치를 한 것은 아케인 클랜에서 생산하는 포션 때문에 벌어진 일이었다.

그렇다고 아케인 클랜이나 정진에게 이 문제로 뭐라고 할 수도 없었다.

국제적으로 큰소리도 치지 못하고 그저 상대국에서 알아서 처분하길 기다려야만 했던 대한민국이 당당하게 국제사회에서 발언권을 갖게 된 것은 모두 아케인 클랜에서 아티팩트와 포션을 만들어내면서부터가 아닌가.

그런데 이제 와서 포션 때문에 세 나라가 무역 보복을 하니, 포션 판매에 대한 규칙을 수정하거나 제조법을 공개할 수 있을 리 없었다.

겨우 외국인 투자법을 고쳐 외국인이 국내 기업을 소유하지 못하게 막았더니, 이번에는 수출을 하는 데 암초가 걸렸다.

"문제는 그것만이 아닙니다."

그런데 갑자기 들려온 말에 문제 해결에 고심하던 노승민 대통령의 고개가 다시 한 번 산업부 장관에게 돌아갔다.

"또 무슨 문제가 더 있다는 말입니까?"

초조한 얼굴로 앉아 있던 산업부 장관이 어렵게 말했다.

"그게, 우리의 주요 곡물 수입처인 미국의 가길과 콘스넨탈이 곡물 가격을 올렸습니다. 그 때문에 국내 식량 수급에 문제가 발생했습니다."

"뭐요?"

노승민 대통령은 조금 전보다 더 크게 놀라 자리에서 벌떡 일어났다.

이번엔 더 심각한 내용이었다.

다른 것도 아니고 식량이다. 수출은 돈을 못 버는 것으로 끝나지만, 식량 자급률이 낮은 대한민국은 필요한 양을 외국으로부터 수입하지 못할 경우 아사자가 나올 수도 있는 문제였다.

돈은 있지만 식량이 부족해 구입을 하지 못해 굶어 죽는다는 말이다.

사람이 죽음에 이르는 고통 중 가장 두려운 죽음은 아사라고 하지 않던가.

못 사는 나라도 아니고 경제 대국 중 하나인데, 필요한 식량을 확보하지 못해 아사자가 나온다면 전 세계가 비웃을 일이었다.

"현재 우리나라의 식량 자급률은 얼마 입니까?"

노승민 대통령은 심각한 표정으로 한쪽에 앉아 있던 농림부 장관에게 물었다.

"음, 현재 저희의 식량 자급률은 60%가 조금 넘는 정도 입니다."

생각지도 않은 대통령의 질문에 농림부 장관은 인상을 구기며 어렵게 대답했다. 노승민 대통령의 표정이 더 안 좋아졌다.

"아니, 북한 지역을 수복하면서 그곳에 각종 곡물을 심지 않았습니까? 그런데 식량 자급률이 그것밖에 되지 않나요?"

대한민국에서는 북한 지역을 수복한 뒤, 부족한 식량 자급률을 높이기 위해 예부터 유명한 좋은 땅으로 유명한 평양 평야 등에 농작물을 심었다.

그런데 아직까지 식량 자급률이 60%를 겨우 넘는다니.

"어떻게 된 일입니까?"

농림부 장관은 식은땀을 흘렸다.

"아직 그곳에서 정상적인 수확을 하기는 어렵습니다. 농작물이 충분히 자랄 시간을 고려하면 최소 내년은 되어야 수확을 할 수 있을 겁니다. 그렇게 된다면 식량 자급률이 86% 정도로 오를 것으로 보입니다."

개발하기 시작한 지 얼마 되지도 않는데 벌써부터 식량 사정이 확 좋아질 리 없었다. 농사란 오랜 시간을 들여 노력해야만 결과를 볼 수 있는 것이니까.

들어간 예산에 비해 식량 자급률이 낮은 것에 농림부 장관은 그저 죄스러운 마음뿐이었다.

청와대 회의실에는 한숨이 깊어져 갔다.

세계 3대 정보 조직 중 하나이자 중국과 동남아시아 일대에 큰 세력권을 형성하고 있는 블루 뱀브, 다른 이름으로 죽련의 주인인 송가연은 심각한 표정을 한 채 생각에 잠겨 있었다.

그녀의 머릿속은 현재 한국에서 벌어지고 있는 사태로 인해 복잡했다.

자신도 그 물어뜯기에 동참해야 할지, 아니면 처음 협력 관계를 맺은 아케인 클랜과의 의리를 지켜야 할 것인지 고민이 되었다.

일반적으로 생각하면 고민도 필요 없이 적극적으로 뛰어들어 조직의 이익을 극대화하기 위해 힘썼을 것이다.

하지만 그렇게 하면 한국에 있는 협력자, 즉 아케인 클랜과 불편한 관계가 된다.

그렇다고 그냥 수수방관하자니 그 또한 한 단체의 장으로서 조직이 쉽게 이익을 볼 수 있는 기회를 그냥 두고 본다는 것이 아까웠다.

의리와 이익, 두 생각을 두고 갈등을 하는 중이다.

어느 것도 쉽게 판단을 내릴 수 없다. 자신도 모르게 긴장감을 해소하기 위해 테이블에 손가락을 두드리고 있었지만 송가연은 그것도 느끼지 못하고 있었다.

"장하림."

"예, 사장님."

"어떻게 생각해?"

"무엇을 말입니까?"

느닷없는 송가연의 질문에 장하림이 눈을 동그랗게 뜨며 물었다.

그런 장하림의 질문에 송가연은 자신이 너무 급한 나머지 앞뒤 말을 자르고 뜬금없는 질문을 했다는 것을 깨닫고 사과를 했다.

"미안, 지금 한국에서 벌어지고 있는 일 말이야."

친근한 웃음을 짓는 송가연의 얼굴에 장하림이 뒤늦게 고개를 끄덕였다.

"문제될 건 그리 없을 듯합니다. 한국을 압박한다고 하더라도 저들은 뜻을 이루지 못할 테니까요."

정진을 건드릴 수 있을 리 없다는 듯 장하림이 확신을 갖고 말했다. 그러나 그것은 이미 송가연도 알고 있는 바였다.

"흠……. 그것보다 우리가 이 사태에서 어떻게 하는 것이 좋을지가 문제야."

죽련의 보스인 그녀로서도 이번 사태는 쉽게 볼 수 없는 일이었다. 어떤 행동을 취하냐에 따라 조직 전체의 목숨이 왔다 갔다 할 것이다.

"일을 너무 어렵게 생각하실 필요는 없지 않겠습니까? 판단의 열쇠는 아케인 클랜의 정정진 클랜장이 쥐고 있습니다."

새삼스럽게 무슨 말이냐는 듯 장하림이 말했다.

기묘한 표정을 지은 송가연은 자세히 말해보라는 듯 장하림을 바라보았다.

"죽련의 입장은 정해져 있는 거나 마찬가지라고 봅니다. 저쪽 또한 자신들이 무역 보복 조치를 하거나, 또 한국을 둘러싼 중국, 일본 정부와 함께한다고 해도 뜻을 이룰 수 없다는 것은 알고 있을 겁니다."

"엇비슷한 것들끼리 모여 있으니, 저들끼리 싸움을 하겠지."

으레 그렇듯 송가연이 차분히 동조했다.

"면밀히 조사해 본 결과, 중국과 일본은 질투에 눈이 멀어 한국을 강하게 압박하고 있습니다. 특히 일본은 전부터 시도해 온 초인 연구에 성공하여 고무된 상태였습니다."

개략적인 상황을 설명하자, 송가연이 놀랍다는 표정을 지었다.

"세간에 알려지지 않은 부분이라 조사가 조금 어렵긴 했습니다만, 절반을 성공한 것이나 마찬가지로 아직 표본이 부족한 듯합니다."

"표본이 부족하다?"

"예. 두 명의 초인을 만드는 데 성공했는데, 알아본 바에 의하면 온전하게 성공한 것은 한 명뿐이고, 남은 하나는 실패나 마찬가지였습니다."

"응? 그건 또 무슨 소리지?"

"실패한 표본의 경우 힘만 세지고 정신적인 면에서는 퇴보를 하여 본능만 남은 것이 몬스터와 다를 게 없는 모양입니다."

송가연이 어처구니없다는 표정을 지었다.

"그런 것이라면 다른 나라의 연구와 별반 다를 것이 없을 텐데?"

"맞습니다. 성공한 하나 역시 우연의 산물일 것으로 보입니다."

장하림은 정보 조직이면서 폭력 조직, 동시에 헌터 클랜이기도 한 블루 뱀브의 또 다른 이면 조직인 죽련 산하 연구소에서 보낸 연구원들의 보고 내용을 전달했다.

"으음."

뭔가 생각날 것 같으면서도 잘 떠오르지 않자 송가연이 작게 신음을 흘리며 미간을 찌푸렸다.

"뭔가 떠오를 듯한데 뭐지……."

"새롭게 들어온 정보에 의하면 일본에도 타이탄 마스터가 탄생을 했다고 합니다."

장하림의 또 다른 보고에 송가연은 화들짝 놀랐다.

"뭐?"

"사장님께서도 일본이 수년 전 한국에서 발굴된 타이탄을 수입한 사실을 알고 계실 것입니다."

"응, 알지. 3기가 출토되어 1기는 미국, 1기는 일본, 그리고 은밀하게 중국에 1기가 넘어갔지."

송가연은 노태 클랜이 흰머리산 던전에서 타이탄 3기를 발굴한 사실을 기억하고 고개를 끄덕였다.

"중국이 가져간 타이탄은 구룡문주가 마스터가 되어 운용을 하고 있고, 미국은 누구인지는 알려지진 않았지만, 타이탄을 개발한 것을 보면 미국에도 마스터가 있을 겁니다."

장하림은 말을 하다 목이 마른지 자신의 앞에 있는 차를 한 모금 마시고 다시 말을 이었다.

"그에 반해 일본은 지금까지 아무런 성과를 보이지 못했을 뿐만 아니라 헌터의 능력이 다른 나라들에 비해 떨어져 타이탄 마스터도 나오지 않았습니다."

"그렇지."

"그런데 아이러니하게도 타이탄이 보관된 곳이 초인 연구소였고, 몇 달 전 그곳에서 사고가 터졌는데, 그때 타이탄 마스터가 탄생했다고 합니다."

"어떻게 하다가?"

"방금 말씀드린 초인 연구에 성공한 실험체가 타이탄의 마스터가 되었다고 합니다."

장하림은 마치 사고가 터졌던 초인 연구소에 있었던 것마냥 자세하게 당시 상황을 송가연에게 들려주었다.

초인 연구소의 정보는 블루 뱀브에서도 아주 관심 있게 지켜보는 주제 중 하나였다.

극비로 취급되는 만큼 알아내기가 굉장히 힘들었지만, 그렇다고 알아내려고 해서 못 알아낼 것도 없었다.

일부 극우주의 사상에 빠진 사람들을 제외하면, 국가를 맹신하는 일본인은 거의 없었다.

국가의 의미가 적어진 현재, 사람들은 모두 조국보다는

개인의 이익을 위해 움직이고 있었다.

철저한 보안이 이루어지고 있다지만, 자신의 이익을 위해 블루 뱀브와 같은 외부 세력에 협력하고 있는 정보원이 없을 수 없었다.

블루 뱀브만 해도 일본 초인 연구소에 다섯 명이나 되는 정보원을 가지고 있었고, 그중에는 다른 곳에 정보를 넘기는 이도 있었다.

물론 블루 뱀브도 이런 사실을 잘 알고 있지만 상관하지 않았다.

자신들에게 해만 가지 않는다면 그들이 무엇을 해도 상관이 없다. 정보원이라는 것도 사실 돈을 주고 정보를 사는 거나 마찬가지였다.

연구원들은 모두 철저한 일본인으로만 구성이 되어 있기에, 블루 뱀부의 조직원을 초인 연구소에 집어넣기 어려웠던 것이다.

더욱이 초인 연구소는 총리 산하 독립 조직이기에, 블루 뱀브뿐만 아니라 다른 정보 조직들도 스파이를 잠입시키지 못했다.

하지만 돈으로 정보를 살 수 있는 것만으로도 충분히 가치가 있다.

반면 한국의 아케인 클랜을 조사할 때는 그런 시도조차 모두 실패하였다.

어떻게 된 일인지 아케인 클랜의 소속원 어느 누구도 자신들의 회유에 넘어오지 않았던 것이다.

뉴 어스에서 주로 활동을 하는 소속 헌터들은 물론이고, 신림동에 있는 아케인 빌딩에서 근무를 하는 일반인들까지 모두 외부의 유혹에 넘어가는 이가 없었다.

그건 다른 정보 조직들도 마찬가지였기에, 결국 블루 뱀브는 정보원을 심는 것을 포기하고 정진과 손을 잡는 길을 택한 것이다.

"그런데 일본의 초인 연구나 타이탄 마스터가 나온 것이 이 일과 무슨 상관이 있다는 거지?"

이야기를 듣던 송가연이 문득 물었다.

그러자 장하림은 기다렸다는 듯이 자신의 생각을 말했다.

"조금 전에도 말씀드렸다시피, 일본은 강제로 헌터의 실력을 향상시키는 실험에서 성공 사례를 만들었습니다. 그 강화된 실험체가 오리지널 타이탄의 마스터가 된 겁니다."

"그런데?"

"지금까지 초인 연구에 성공한 곳은 미국 한 곳뿐입니다.

하지만 그것도 딱 4등급까지고, 그 이상은 실패했죠."

"그렇지."

"예, 그런데 일본은 지금까지 불가능하다고 생각하던 3등급을 뛰어넘어 2등급 헌터를 만들어냈습니다."

"음……."

장하림의 말에 송가연은 뭔가 큰 비밀을 알게 되었다는 듯 작게 신음성을 흘렸다.

일본이 저렇게 막 나가는 것이 어느 정도 이해가 간다.

"그럼 어떻게 생각해?"

시간이 조금 오래 걸리기는 했지만 이야기는 다시 원점으로 돌아갔다.

물론 지금까지 들은 이야기만으로도 송가연은 그가 어떤 말을 할지 알 수 있었다.

"미래는 한국, 아니, 아케인 클랜의 클랜장인 정정진의 판단에 달려 있다고 봅니다."

장하림은 몇 달 전 본 정진의 모습을 떠올리며 눈을 반짝였다.

자신이 본 아케인 클랜의 클랜장인 정진은 그 깊이를 측량할 수조차 없을 정도로 생각이 깊고, 미래를 보는 안목도 대단한 사람이었다.

장하림 본인이 판단하기에는 소설이나 신화 속에 등장하는 신선을 보는 것만 같았다.

　그때 정진의 상대를 꿰뚫어 보는 것만 같은 깊은 눈빛을 보고, 수십 년간 정보 조직의 간부이자 폭력 조직의 대장, 전직 헌터로 활동하며 산전수전 다 겪은 장하림도 찔끔했다.

　처음 협상을 하기 위해 그를 찾았던 날, 장하림은 마음속으로 승복을 하고 최대한 저자세로 협상을 했다.

　'이 판단이 틀릴 리 없다. 그런 존재가 외부의 힘에 휘둘리고 있을 리 없어. 분명 무슨 수를 쓰더라도 쓸 것이다.'

　장하림은 그렇게 확신했다.

　미국의 유명한 휴양지인 플로리다 마이애미의 한 저택.

　한 남자가 창밖으로 보이는 해변을 보며 허탈한 웃음을 짓고 있었다.

　입은 웃고 있지만 그의 눈은 한없이 차갑게 굳어 있었다. 웃는 게 웃는 것이 아니다.

그는 세계 경제를 움직이는 이너 서클 중 한 곳의 수장으로서, 초강대국 미국의 배후에 존재하는 이였다.

그는 경쟁자의 장단에 넘어가 광대처럼 움직였다는 것을 뒤늦게 막 깨달은 상태였다.

세계 최고 갑부라고 하면 빠지지 않고 거론되는 록펠러 가문의 수장인 존 드와이트 록펠러, 향년 58세의 그는 지금까지 살면서 오늘과 같이 창피한 적이 없었다.

세계를 손가락 하나로 좌지우지하는 이너 서클 중에서도 유럽을 차지한 로스차일드와 함께 최강의 힘을 가진 가문이 바로 록펠러다.

그런데 다른 누구도 아니고 경쟁자인 로스차일드의 계략에 속아 광대 짓을 했으니, 전 세계적인 망신이나 다름없었다.

그때, 누군가가 문을 두드리고 안으로 들어왔다.

"가주님, 부르셨습니까?"

"어서 와라. 그래, 알아 봤나?"

"예, 이번 일의 배후에는 짐작대로 로스차일드 가문이 있었습니다."

"역시."

존 드와이트 록펠러는 집사의 보고에 뒤도 돌아보지 않고 대답을 하였다.

짐작대로 록펠러 가문의 강력한 경쟁자인 로스차일드가 이번 일을 꾸몄다는 것에 납득이 갔다. 로스차일드 정도가 나서지 않으면 록펠러를 물먹일 수 없다.

하지만 이해가 갔다는 것뿐이지, 화가 풀렸다는 말은 아니었다.

"그런데 이번 일의 배후가 로스차일드란 것은 맞지만 일을 꾸민 자는 가주인 빈센트 반 로스차일드가 아니라 새로운 후계자이자 로스차일드의 정보 조직인 문 차일드의 수장인 테트라 드 로스차일드로 밝혀졌습니다."

록펠러 가문의 집사인 아론 데이어는 아무런 억양도 없이 자신이 알고 있는 정보를 가주인 존에게 보고하였다.

그런 아론의 보고에 존은 한동안 아무런 말을 하지 않았다.

'어처구니가 없군! 내가 그따위 애송이에게 당했다니.'

정말이지 존으로서는 할 말이 없었다. 영원한 맞수인 빈센트도 아니고, 그 손자뻘인 테트라의 수작에 걸려들었다는 것이 너무도 황당했다.

"예상대로 한국은 이번 사태에 굴하지 않고 미국과 중국, 일본에의 포션 수출을 중단했습니다."

히<u>든</u> 프론티어

"그럼 그 수량은 역시나 유럽으로 분배되었겠지?"

존은 집사의 보고에 자신의 생각을 말했다.

"그렇습니다. 정확하게는 유럽으로 미국으로 들어오던 물량이 배정되었고, 중국과 일본에 수출하던 물량은 저희의 입김으로 가길과 콘스네탈에서 곡물 수출량을 줄여 버림으로서 식량 수급이 시급하자, 태국과 인도네시아로 구입 노선을 갈아타며 그쪽으로 할당한 것 같습니다."

식량 자급률이 겨우 60% 정도에 그치고 있던 한국은 새로운 구입처를 구하지 못하면 아사자가 속출할 위기에 처하자, 발 빠르게 식량 구입처를 모색하다 동남아시아 국가로 눈을 돌렸다.

사실 식량 창구로는 남미 국가와 아프리카가 제격이었지만, 그곳은 이미 5대 곡물 메이커가 장악하고 있는 곳이다.

비록 가길과 콘스넨탈처럼 미국 국적을 가진 것은 아니지만 이들은 서로 커넥션을 결성해 서로의 이익을 대변하고 있었다.

그러니 한국이 아프리카나 남미 국가에서 식량 수급을 한다는 것은 불가능한 일이었다.

어떻게든 5대 곡물 메이저 기업의 영향이 적은 나라로

눈을 돌릴 수밖에 없다.

하지만 그런 나라에서 필요한 식량을 모두 구입할 수는 없었다. 한국은 적은 양이라도 최대한 구입을 하려고 노력을 하였다.

한국은 태국과 인도네시아 등 동남아시아의 여러 국가들과 협상을 벌였다.

한국 정부는 식량을 구입하기 위해 현금은 물론이고, 타이트하게 수출량을 규제하던 포션과 아티팩트들을 이들 국가에 풀었다.

미국과 중국, 일본에서 경제적 압박은 물론 식량을 가지고 위협을 가하자, 급한 불을 끄기 위해 이들 국가에 수출하고 있던 양을 다른 국가들에게 수출하기로 한 것이다.

이 때문에 5대 메이저 곡물 회사들의 눈치를 보던 국가들도 한국 정부의 협상에 호응을 하며 창고에 쌓아둔 곡물을 풀었다.

이들 국가들은 한국 정부의 요청에 응하는 대신 헌터 전력이 부족해 관리에 어려움을 겪던 게이트를 안정화시켜 줄 것을 요구했다.

기존에 약소국들의 게이트를 대신 관리해 주던 강대국들

은 몬스터 웨이브가 발생하자 자국의 방어를 위해서라며 파견한 군대를 이탈시켰고, 당시 동남아시아를 중심으로 한 많은 국가들이 막대한 피해를 입어야 했다.

아직도 그때의 피해를 생각하며 이를 갈고 있는 곳이 많았다.

이는 몬스터 웨이브가 끝난 지금도 지속되어 상당한 몬스터가 게이트를 넘어와 활보하고 있었다.

피해 국가들은 몬스터 산업 신흥 강국으로 떠오른 한국에 식량을 수출하는 대가로 헌터의 지원을 요청했다.

한국 정부도 몬스터를 빠르게 처리해야 식량 수급이 원활해진다고 판단하고, 헌터 협회와 협력해 헌터들을 파견했다.

집사의 보고를 들은 존은 더욱 인상을 구겼다.

사실 이 모든 것이 로스차일드 가문과 손잡고 벌인 일이었다.

자신들이 먼저 일을 벌이면 로스차일드가 장악하고 있는 유럽도 동참하기로 했는데, 유럽연합이 소속 국가들의 의견을 조율한다는 핑계로 차일피일 시기를 늦추고 있었다.

존은 그제서야 자신이 로스차일드에 당했다는 것을 깨달

았다.

그리고 그걸 확인하기 위해 집사인 아론을 통해 알아본 것인데, 자신의 짐작대로 로스차일드 가문의 음모였다는 것을 깨닫자 허탈해졌다.

"그놈이 곰인 줄 알았더니 곰의 탈을 쓴 여우였군."

"그렇습니다. 이제 위로 올라온 새끼 여우가 늙은 여우 못지않게 음험합니다."

록펠러 가문의 집사인 아론 데이어는 가주인 존의 말에 로스차일드 가문의 수장인 빈센트를 늙은 여우로, 그리고 차차기 후계자로 예정된 테트라를 새끼 여우로 표현을 하며 말을 받았다.

"더 이상 해봐야 손해만 늘어나니 일을 중단하라고 해!"

"알겠습니다."

"그런데 그들은 어떻게 하고 있나?"

존이 느닷없이 물었지만, 집사인 아론은 존이 누구를 지칭하는지 안다는 듯 고개를 끄덕였다.

"아직도 그대로입니다."

"그대로라⋯⋯. 자넨 어떻게 생각하나? 그들을 돌려보내는 것이 맞다고 생각하나?"

"제 생각이 중요하겠습니까? 가주님의 결정이 중요한 것이지요."

아론은 존의 질문에 너무도 건조하게 대답을 하였다. 마치 기계가 내뱉는 것처럼 아무런 감정도 담겨 있지 않았다.

하지만 그것이 그가 집사가 된 이유였다.

집사는 사용인의 뜻을 받드는 사람이지 자신의 생각을 어필하는 사람이 아닌 것이다.

"물론 내 결정이 중요하지만, 아직 결정을 하지 못했거든. 그러니 자네도 의견을 말해 봐. 어떤 것이 가문에 더 도움이 될지 말이야."

존이 그렇게까지 말하자 아론은 더 이상 대답을 미룰 수 없었다. 아론은 조심스럽게 입을 열었다.

"저들이 없다면 타이탄이나 가문에서 사용할 포션을 확보할 수 없습니다."

사실 포션은 정진만이 만들 수 있는 것이 아니었다.

다른 사람들은 모르지만 록펠러 가문에서도 오래전부터 포션을 사용해 왔다.

이들이 사용하는 포션은 모두 엘프들이 소량 만들어 내는 것으로 미국은 오래전부터 엘프에게서 포션을 일정 수량 받아오고 있었다.

그랬기에 네 개나 되는 게이트를 가지고 있는 미국이 적은 수량의 포션을 공급받으면서도 게이트 사태 이전에 보이던 욕심을 보이지 않았던 것이다.

만약 그렇지 않았다면 아마 예전 미국이 중동의 석유를 탐내 전쟁을 벌였던 것처럼 포션을 차지하기 위해 한국을 어떤 명분을 만들어서라도 침공했을 것이 분명했다.

하지만 엘프의 존재도 숨기고 있는 처지에 괜한 욕심을 부리다 비밀이 새어 나가기라도 한다면 아무리 미국이라고 하더라도 무사하지 못한다.

물론 미국의 국력은 전 세계를 상대로 전쟁을 벌여도 될 정도지만, 그들의 군사력은 사실상 전쟁을 언제든지 일으킬 수도 있다는 전략적인 용도로 사용된다.

실제로 전쟁을 벌이면 득보다 실이 많을 수 있고, 더욱이 자신의 앞마당에서 벌였다간 큰 손해였다.

미국을 비롯한 강대국들은 다른 나라가 자신들을 위협할 만한 무기, 즉 핵무기나 대량살상을 할 수 있는 생화학 무기를 개발한 뒤, 실제로 그것을 사용하지는 않지만 언제든 사용할 수 있음을 내세워 다른 나라들을 협박하고 있는 것이다.

"저들의 주장대로 지구에 있는 것이 그들 종족으로서의

정체성을 해치고, 그렇게 되면 능력을 잃는다는 그들의 주장을 100% 믿을 수는 없겠지만 저희로서는 어쩔 도리가 없지 않겠습니까? 아쉬운 것은 그들이 아니라 저희이니 말입니다."

"그렇지, 저들을 잃는다면 아쉬운 것은 우리지."

존은 집사인 아론의 이야기에 고개를 끄덕였다.

엘프의 요구를 들어주지 않아도, 들어줘도 엘프는 자신들의 품에서 벗어난다.

다만 결과의 값이 달랐다.

그들의 요구를 들어주지 않을 경우, 엘프들은 반발하며 자신들과 척을 지고 이전과 다르게 강렬한 저항을 해올 것이다.

왜냐하면 그 문제는 그들의 생존과 직결되어 있기 때문이다.

하지만 요구를 들어줄 경우, 비록 엘프들이 미국을 떠나 뉴 어스로 돌아가는 것은 맞지만 협력적인 관계로 남게 된다.

경우에 따라서는 게이트를 들락거리는 수고를 해야겠지만, 계속해서 지금과 같은 관계를 유지할 수도 있다.

관계만 틀어지지 않는다면 계속해서 미국에서 타이탄을

생산하고, 포션을 받을 수 있다는 말과 같다.

그럼 이미 결론은 나와 있는 것이나 마찬가지였다.

하지만 존이 결정을 하지 못한 것은 엘프들이 뉴 어스로 돌아가게 된다면 더 이상 엘프들이 자신들에게 목매지 않고 독자적으로 움직일 수 있다는 것 때문이었다.

지금까지 자신들은 엘프들과 독점적으로 계약을 하여 많은 이득을 보았는데, 엘프들이 뉴 어스를 기반으로 자유롭게 활동하게 된다면 새로운 경쟁자가 나올 수 있었다.

미국이나 미국의 뒤에 있는 록펠러 가문으로서는 그런 상황이 마음에 들 리 없었다.

"어쩔 수 없지. 그래도 그들의 요구를 들어주는 편이 더 좋을 테니까. 엘프의 문제는 그렇게 처리하도록 해. 다만 지금처럼 일정 숫자의 엘프들이 계속해서 우리와 협력 관계를 유지하는 것으로 주지시키도록. 그것만은 꼭 지켜져야 한다고."

"알겠습니다. 그럼 그 일 말고 더 시키실 일이 있으십니까?"

"아니, 그만 나가보도록."

가주인 존의 말이 끝나기 무섭게 아론이 고개를 숙이고는 바로 방을 나섰다. 존의 명령을 일선에 전달하기 위해서였다.

한편 집사인 아론이 나가고 홀로 남은 존은 다시 고개를 돌려 파도가 밀려드는 먼 바다를 쳐다보며 생각에 잠겼다.

Chapter 4

식량 확보 전쟁

　대한민국 정부는 강대국들의 압력에 굴하지 않고 정면 돌파를 결정하였다.

　불공정 무역을 표면으로 내세우지만, 이것이 예전부터 강대국들이 자신의 턱밑까지 따라온 개발도상국들을 길들이기 위해 취해온 방법임을 안다. 이번에는 예전처럼 당하지 않고 정면 승부를 할 예정이었다.

　이 고비만 넘긴다면 더 이상 강대국의 눈치를 보지 않는 나라로 발돋움할 수 있을 것이다.

　대한민국 정부는 외부의 압력이나 그들의 장단에 놀아나는 야당과 언론에도 굴하지 않고 정책을 진행하였다.

그러다 보니 국정 운영이 여기저기서 삐걱거렸다.

어떻게든 국민들의 불편을 최소화하기 위해 연일 구슬땀을 흘렸다.

이런 정부의 뜻을 알고 있는 국민들은 연일 언론이 떠들어 대는 부정적인 뉴스를 들으면서 불안에 떨기도 했다.

하지만 현 정부에 대한 신뢰가 상당하여 전국적인 반대는 이루어지지 않았다. 현 정부에 대한 국민들의 평가는 대부분 긍정적이었다.

이런 평가가 쌓이는 데는 대재앙인 몬스터 웨이브를 성공적으로 막아낸 것이나, 빼앗긴 국토를 수복하고 한반도를 빠르게 통일한 것의 공이 컸다.

임진강 이북의 공산주의 괴뢰 정부인 북한은 3차 몬스터 웨이브에 의해 사라졌다고 하지만, 서류상의 땅이 아닌 실효적 지배를 하는 영토를 늘렸다는 것은 대단한 공적이었다.

현 정부가 들어선 이후 타국의 반응에서 느껴지는 바도 컸다. 대한민국의 위상은 현재 그 어느 때보다도 높았다. 외국에 나가도 한국인이라고 하면 존중의 대상이 되었다.

국민들의 지지에 힘입은 정부는 야당의 압박과 강대국들

의 압력에서 벗어나 새로운 정책을 펴기 시작했다.

하지만 미국과 중국, 일본의 무역 보복 조치는 감내한다고 하더라도 앞으로 닥칠 식량 위기는 그렇지 않았다.

만약 미국이 조장한 식량 위기가 실질적으로 닥치게 된다면 국민들의 믿음도 파도 앞의 모래성처럼 허물어지고 말 것이다.

정부는 앞으로 일어날 식량 위기를 극복하기 위해 다각적으로 대책을 세우고 있었다.

† † †

청와대 비상 대책 회의.

"이해창 장관, 말씀하세요."

"예, 부족한 쌀 35만 톤 중 인도네시아와 베트남에서 각각 12만 톤과 14만 톤을 수입하기로 계약을 맺었습니다. 올 10월까지 총 26만 톤이 들어올 겁니다. 콩과 옥수수, 사탕수수 등도 각각 11만 톤, 20만 톤, 그리고 3만 톤이 들어올 겁니다."

농림부 장관인 이해창이 이마에 흐르는 땀을 닦았다.

"그리고 닭고기 10만 톤, 돼지고기 20만 톤, 소고기

40만 톤을 태국과 호주, 뉴질랜드에서 들여오기로 했습니다."

가만히 자리에 앉아 그의 보고를 듣고 있던 노승민 대통령이 조용한 목소리로 물었다.

"어느 정도의 양입니까? 국민들이 생활하기에 부족하지 않은 양입니까?"

언뜻 듣기에는 많은 양이지만, 전문가가 아닌 그가 판단하기에는 어려운 일이었다.

이해창 장관이 작게 한숨을 쉬었다.

"아직 20% 정도 부족합니다."

"20%요?"

이해창 장관의 대답을 들은 노승민 대통령의 표정이 어두워졌다.

아직도 부족한 양의 절반 정도밖에 확보하지 못한 것이다. 다른 비상 대책 회의에 참석한 사람들의 표정도 비슷했다. 이대로라면 당장 온 국민이 쫄쫄 굶게 될지도 모를 일이다.

이때, 한쪽 구석에 앉아 있던 국정원장인 최수환이 대통령을 불렀다.

"대통령님."

"무슨 일인가요?"

노승민 대통령은 혹시 무언가 해결 방안이라도 있는 것인가 하는 마음에 조금 기대 어린 얼굴로 그를 돌아보았다.

"헌터 협회에서 들은 정보가 하나 있습니다."

최수환의 표정은 무슨 잘못을 한 아이처럼 불안해 보였다. 노승민 대통령은 의아하면서도 조금 일그러진 표정을 지었다.

"헌터 협회요? 지금 헌터 협회의 이야기가 왜 나오는 겁니까?"

비단 대통령뿐만이 아니었다. 자리에 참석한 모든 사람들의 시선이 곱지 않았다.

당장 국민들이 전부 굶어 죽을지도 모르는 시급한 문제를 앞두고, 쓸데없는 말을 할 시간이 없는 것이다. 그만큼 그들은 조급했다.

하지만 최수환 국정원장은 그럼에도 불구하고 꼭 필요한 말이라는 듯 단호한 표정을 지었다.

"뉴 어스에는 몬스터도 존재하지만, 인간이 먹을 수 있는 동물도 존재한다고 합니다."

정부 부처는 물론이고 대통령까지 부족한 식량 문제로 고심하고 있는 이때, 문득 전에 듣고 그냥 흘려 버린 정보가 떠오른 것이다.

그러자 대통령은 물론이고 부처 장관들이 급 관심을 보였다.

"그게 정말입니까? 뉴 어스에도 식량으로 쓰일 수 있는 게 있다구요?"

"예. 저도 오래전에 들은 것입니다. 몬스터 중에서도 간혹 식용이 가능한 몬스터가 있다는 것을 알고 계시지요? 그런데 몬스터 말고도 가축에 가까운 짐승들도 상당히 많이 존재한다고 합니다."

"그래요?"

"저도 보고만 받았기에 사실 여부를 확신할 수는 없지만, 보고서를 작성한 5국장이라면 자세히 알 것입니다."

"그래요? 그럼 그를 얼른 부르세요. 그래, 5국장을 부르면서 헌터 협회장도 함께 들어오라고 하세요. 헌터 협회에서 들어온 정보라면 협회장이 더 자세히 알지 않겠습니까."

노승민 대통령은 뭔가 절체절명의 위기에서 동아줄을 잡은 것 같은 느낌을 받았다. 이 정보가 위기에 닥친 나라를 구원해 줄 진정한 방안이라는 예감이 들었다. 그리고 경험상 그의 이런 예감은 잘 틀리는 법이 없었다.

"알겠습니다."

최수환 국정원장은 곧바로 회의장을 빠져나가, 제5국 헌터관리국장인 전용현을 호출했다. 한편, 헌터 협회에도 연락을 취했다.

"후."

최수환 국정원장이 두 사람을 부르러 간 사이, 미간을 손으로 문지르며 한숨을 푹 내쉰 노승민 대통령은 일단 그들이 올 동안 비상 대책 회의를 중단하였다.

"회의도 길었고 다들 지쳤을 텐데, 두 사람이 오는 동안 조금 쉽시다."

노승민 대통령은 휴식을 취하기 위해 청와대 별채로 들어갔다.

그가 휴식을 위해 자리를 뜨자, 장관들도 청와대 한쪽에 마련된 휴게실로 자리를 옮기기 시작했다.

뉴 어스의 데메르 평원과, 그 가운데 존재하는 데미린 호수 그리고 주변의 생태를 살피고 돌아온 정진은 오랜만에

헌터 협회를 찾았다.

하지만 가는 날이 장날이라고, 데스크에 있던 이기동의 비서가 현재 이기동이 자리에 없다고 전해왔다.

대통령의 호출로 청와대에 들어갔다는 것이다.

자세한 내용은 알 수 없었지만, 비서는 현재 대한민국의 혼란스러운 경제 사정과 연관이 있을 것이라고 했다.

헛걸음을 한 정진은 어쩔 수 없이 신림동의 아케인 빌딩으로 돌아왔다.

'무슨 이야기로 부른 걸까.'

그는 조금 복잡한 표정을 지었다.

이기동이 청와대로 불려갔다는 말이 여간 신경 쓰이는 것이 아니었다.

아케인 클랜에서 생산하고 있는 포션이나 타이탄과 이번 국가적 위기가 관련이 있다고 한 블루 뱀브의 이야기가 떠올랐다.

'아무 상관이 없다면 좋겠지만.'

고민하던 정진은 집무실에 있던 서랍을 열어 휴대전화를 꺼냈다. 도청이 완벽하게 차단되어 있는 안전한 기기로, 블루 뱀브와 협력 관계를 맺으면서 받은 것이었다.

다이얼을 누를 것도 없이 통화 버튼을 누르자, 알 수 없는 번호로 연결되었다.

신호음이 채 한 번 가기도 전에 달칵 하고 저쪽에서 전화를 받는 소리가 들렸다.

정진은 인사도 없이 용건만을 이야기했다.

"정정진입니다. 송소림 씨와 이야기하고 싶습니다. 가능한 빨리 부탁드립니다."

몇 초간 침묵이 이어지던 수화기 너머에서 기계처럼 딱딱한 음성이 들려왔다.

"10분 내로 아케인 빌딩으로 찾아가실 겁니다."

정진은 익숙한 듯 대답하지 않고 곧바로 전화를 끊었다.

그리고 정확히 10분 후.

비서의 안내를 받은 송소림이 정진의 집무실로 들어왔다.

"찾으셨다고요."

자리에 앉자마자, 급한 용건이라는 것을 눈치챈 송소림이 본론을 꺼냈다.

"오늘 청와대에서 헌터 협회장인 이기동 회장을 호출했습니다. 무엇 때문에 부른 것인지 알 수 있습니까?"

송소림은 물어볼 줄 알았다는 듯 곧바로 고개를 끄덕였다.

"현재 한국은 미국과 중국 일본 3국으로부터 무역 제재를 받고 있습니다. 그 이상으로 문제가 된 건 바로 식량 수급입니다."

송소림은 현재 벌어지고 있는 일에 대해서 자세히 설명했다.

언론 등에서 떠들어 대고 있는 표면적인 이야기가 아닌, 세계의 어두운 일면을 차지하고 있는 이들의 암수에 대한 내용이었다.

송소림의 이야기를 들은 정진의 눈은 차갑게 빛나기 시작했다.

'재미있군.'

마법의 경지가 낮을 때는 화가 나면 걷잡을 수 없는 분노와 함께 파괴 본능이 강하게 일어나곤 했다. 그런데 경지가 높아지면서 그러한 충동은 사라지고, 찬물을 확 끼얹는 것처럼 머릿속이 냉정해졌다.

복수를 생각한다면 심장은 뜨겁게 하되 머리는 얼음처럼 냉정해지라는 말이 있다. 마법사는 경지가 높아질수록 더욱 냉정해지는 경향이 있었다.

정진은 자신들의 이익을 위해서 식량을 무기화하며, 사람들의 목숨을 인질로 잡아 제 배를 불리려는 저들의 태도에 화가 났다.

이는 경제 제재와는 근본적으로 다른 문제다.

수출이 어려워진 것은 판매량이 줄어드니 이익이 발생하지 않는 거지만, 필요한 식량을 구입하지 못한다면 온 국민이 굶어 죽을 수도 있는 문제다. 특히 식량 자급률이 낮은 대한민국으로서는 심각한 문제였다.

직접적으로 총칼로 살인을 하진 않았지만 침략 전쟁을 하는 거나 다를 바 없는 것이다.

정진은 더 이상 이 문제를 수수방관할 수 없다고 생각했다.

뉴 어스에 도시를 건설하고 농사를 짓는다는 것을 그냥 상상만 했는데, 이제는 생존의 문제로 대두되었다.

정진은 국내 기득권자들이 자신과 아케인 클랜에 부당한 짓을 벌일 때를 대비하기 위해 계획한 것인데, 대한민국 자체가 세계의 압력을 받고 있었다.

데메르 평원을 간 것도 아케인 클랜이 압력을 받았을 때, 기반을 잡을 장소를 물색하기 위해 간 것이다.

'식량 수급 문제라면 이게 오히려 기회가 될 수도 있다.'

정진은 이것이 위기를 넘어 한 단계 뛰어오를 수 있는 기회가 될지도 모른다고 판단했다.

이는 대한민국만의 기회가 아니라 아케인 클랜의 기회이기도 했다. 세계로 발돋움할 수 있는 기회 말이다.

"뉴 어스에 도시 건설을 하려는데, 블루 뱀브도 참여할 생각 있습니까?"

정진이 갑자기 툭 던지듯 제안했다.

어리둥절한 얼굴을 하고 있던 송소림의 얼굴이 점점 경악으로 가득해졌다.

"갑자기 그게 무슨……."

그것은 그녀 혼자서 마음대로 결정할 수 있는 사안이 아니었다. 지금처럼 자본과 자원이 모두 부족한 시기에 너무 무모하고 어려운 일이기도 했다.

하지만 정진은 아무렇지도 않은 표정을 짓고 있었다.

"우리 클랜에서 건설하는 쉘터에 관해선 알고 있겠죠?"

"물론이죠."

송소림은 고개를 끄덕이고 있었지만, 표정은 그리 석연치 않았다.

"하지만 아케인 쉘터의 수용 인원은 최대 500명 정도 아닌가요? 설마 그 쉘터를 수백 개 건설하겠다는 말씀이신가요?"

정진이 태연한 얼굴로 고개를 저었다.

"평양에 건설된 신도시에 가보신 적 있습니까?"

"네, 물론 가 보았어요. 깨끗하고 서울에 비해 규모는 작지만, 안전하고 편리해 보이는 방식이었죠. 아케인 클랜에서 건설에 참여했다는 이야기는 들었지만… 설마……."

말을 하던 송소림의 얼굴이 점차 굳어졌다.

정진은 놀랍지도 않다는 듯 고개를 끄덕였다.

"평양 신도시의 건축법은 아케인 클랜에서 만들어낸 것입니다. 아케인 쉘터에도 쓰였던 마법진이 개량되어 대규모로 설치된 것이죠. 평양에 건설해 본 경험도 있으니 뉴 어스에는 더 좋은 방향으로 신속하게 건축할 수 있을 겁니다."

송소림은 표정을 감추지도 못하고 입을 떡 벌렸다.

'무슨 새로운 것마다 다 만들어!'

정진은 입꼬리를 올리며 미소를 지었다.

"가보신 적 있다니 아시겠군요. 도시 외곽에 외부의 공격으로부터 방어할 수 있는 장치도 설치되어 있고, 몬스터 웨이브까지 충분히 막아낼 수 있는 방어력을 가지고 있다고 하면 뉴 어스에도 충분히 설치할 수 있겠죠."

"정말인가요? 뉴 어스에 도시를 건설하는 동안에도 안전할 수 있나요?"

송소림이 걱정 어린 얼굴로 물었다.

안전한 도시를 만들 수 있다 하더라도 완공되기 전까지는 쉘터를 이용할 수 없다. 그사이에 몬스터들이 쳐들어온다면 큰일이었다.

"마법진만 설치된다면 곧바로 방어 시스템을 작동할 수 있습니다. 몬스터가 적고 도시가 만들어지기 좋은 곳도 이미 확보되어 있구요. 넓은 범위지만 헌터들이 협조해 준다면 충분히 공사를 진행하는 동안 방어할 수 있습니다."

정진이 걱정할 것 없다는 듯 확고하게 말했다. 송소림이 얼굴에 화색을 띠었다.

"생각이 없다면 참여하지 않아도 상관없습니다."

"아뇨. 당연히 있습니다. 있을 겁니다. 본사에 문의해 봐도 될까요?"

송소림이 재빨리 말했다.

정진이 말한 대로 뉴 어스에 도시를 건설하여 이주할 수 있다면, 도시 건설에 들어간 비용을 충분히 감당하고도 남을 것이다.

무엇보다 다른 정보 조직보다 한참 앞서 뉴 어스로 진출하여 새로운 정보들을 독점할 수 있다. 도시 건설을 하는 도중에 나올 정보만 해도 가치를 따질 수 없는 엄청난 정보들일 것이다.

송소림은 튕기듯 일어나 휴대전화를 들고 밖으로 나갔다.

'조금 성급했나.'

정진은 그 모습을 바라보며, 너무 충동적으로 블루 뱀브에 제안한 것은 아닌지 잠시 생각해 보았다. 그러나 그는 곧 고개를 저었다.

어차피 오래전부터 시행하기 위해 준비하고 있던 일이었다.

다만 아케인 클랜이 단독으로 진행하려고 하였기에 준비가 오래 걸렸을 뿐, 정부나 블루 뱀브 등의 조력을 받을 수 있다면 훨씬 쉽고 빠르게 일을 끝낼 자신이 있었다.

정진은 가만히 소파 등받이에 등을 기대며 눈을 감았다.

'계획이 좀 더 빨라졌으니, 지금부터 구체적으로 생각해 봐야겠는걸.'

우선 도시가 완성되기 전까지 인부들이 쉴 수 있는 안전지대를 먼저 건설해야 한다. 주변을 경계할 헌터들도 모두 수용할 수 있을 정도로 넓게 말이다.

'그다음은 마법진이지.'

쉘터 전체를 아우르는 마법진의 경우, 평양 신도시 건설

때처럼 의뢰를 맡기면 된다. 그 이후 개량된 부분이 있기 때문에 조금 수정하긴 하겠지만, 기본적인 뼈대는 동일하니 작업이 어렵진 않을 것이다.

마법진을 설치하고 나면 실제 방벽이 없을 뿐, 쉘터가 세워질 부지 전체가 몬스터의 위협으로부터 안전해진다.

정진은 머릿속으로 뉴 어스에 건설될 도시 건설 계획을 구체적으로 세우기 시작했다.

✝   ✝   ✝

털썩!

갑작스런 대통령의 호출에 급하게 청와대를 다녀와 이제야 사무실로 돌아온 이기동은 의자에 아무렇게나 주저앉아 한숨을 푹 내쉬었다.

아무리 자신이 헌터 협회의 회장으로서 대한민국 헌터들 모두를 움직일 수 있는 엄청난 권한을 갖고 있다고 하지만, 대통령을 비롯한 총리와 각 부처 장관들이 모두 배석하고 있는 자리에서 질문을 받는 게 여간 곤욕이 아니었다.

더욱이 오늘 자신이 불려간 것은 다른 것도 아니고 외부에는 알려져선 안 되는 기밀 안건 때문이었다.

청와대에 도착하기 전까지만 해도 무엇 때문에 자신을 부르는지 궁금하긴 했지만, 그렇다고 이렇게까지 긴장하진 않았다. 전에도 몇 번 회의에 호출된 적이 있기도 했으니, 이번에도 비슷한 일이리라 생각했다.

하지만 자신을 부른 이유에 대해서 듣고는 몸이 굳을 수밖에 없었다.

언론에서 심각하게 떠들어 대고 있기도 하고, 귀가 있어들은 말이 없는 것도 아니지만 그 정도로 어려운 현실에 닥쳐 있을 거라곤 상상하지 못한 것이다.

식량 자급률이 떨어지는 대한민국에 식량 수입 제재를 하겠다는 말은 그 나라의 국민을 죽이겠다는 말이나 다름이 없었다.

민주주의를 표방하는 미국이 설마 동맹인 대한민국에 그런 짓을 하리라고는 상상도 하지 못했다. 국민 한 사람으로서 미국을 비롯한 다른 나라들에 분노가 치밀었다.

"몬스터 중에서도 식용이 가능한 몬스터가 있다는데, 헌터 협회장께서는 뭔가 알고 계신 것이 있습니까?"

아직도 청와대 비상 대책 회의실에서 본 노승민 대통령의 표정이 생생했다.

대통령의 그런 간절한 표정은 헌터 협회 간부로 있으면서 처음 보았다. 헌터 협회에서 오랫동안 일한 그는 협회를 찾아온 대통령들을 본 적이 있다.

많은 대통령이 헌터 협회를 찾아 헌터들과 협회 직원들의 노고를 격려하고 갔지만, 한 번도 진심이라고 느껴본 적은 없었다.

그저 때가 되었기에 다음 대선의 표를 의식해 마음에도 없는 미소를 짓고 격려를 하는 것이라 생각했다.

그런데 오늘 본 노승민 대통령은 정말로 앞으로 닥칠 식량 위기에 대해 걱정하고 있었다. 당장 굶주리게 될지도 모르는 국민들을 위하는 마음이 느껴졌다.

아무리 노력을 해도 메워지지 않는 식량 수급에 고심을 하는 대통령의 모습에 이기동은 자신이 알고 있는 모든 것을 대통령과 각 부처 장관들이 있는 곳에서 설명했다.

물론 헌터 협회 회장이라고 하지만 그도 식용이 가능한 몬스터를 모두 알고 있는 것은 아니었다.

식용이 가능한 몬스터는 대표적으로 자이언트 크랩이 있

었다.

지구의 바닷게의 크기를 키워 놓은 것처럼 생긴 자이언트 크랩은 중형 몬스터이면서도 사냥법이 쉬워 헌터들에게 인기가 많은 몬스터다.

비록 마정석이 가진 에너지가 그리 많지 않아 다른 중형 몬스터에 비해 수익은 적지만, 그럼에도 헌터들에게 인기가 많은 이유는 트롤처럼 버릴 데가 없는 몬스터이기 때문이다.

마정석은 마정석대로 판매를 하고, 살은 식용이 가능하기에 식재료로 판매할 수 있다. 그 맛이 지구의 게보다 훨씬 맛있어서 값도 제법 받을 수 있었다.

자이언트 크랩의 껍질은 쇠와 합금을 하여 헌터들이 사용하는 파워 슈트나 무기를 만드는 데 사용한다.

그러니 자이언트 크랩 한 마리만 잡아도 5~6명으로 구성되는 헌팅 파티로서는 상당한 돈을 벌 수 있었다.

더욱이 자이언트 크랩은 위험한 집게발만 조심하면 되고 또 몸을 뒤집기만 해도 쉽게 잡을 수 있었다. 하지만 군집 생활을 하기 때문에 조금 까다로운 부분도 있었다.

사냥하는 것 자체는 쉽지만 여러 마리가 군집 생활을 하기 때문에 따로 떨어져 있는 놈을 찾기가 어렵다.

이기동이 알고 있는 몬스터 중 식용 가능한 몬스터는 주로 바닷가에 존재하는 몬스터가 대부분이었다.

그러나 식용 가능한 몬스터는 이렇게 자이언트 크랩처럼 쉽게 사냥을 할 수 있는 것도 있지만 대체로는 잡기가 어려웠다.

등급이 낮거나 작은 몬스터는 위장을 하거나 은밀한 곳에 숨어 있어 발견이 쉽지 않았고, 그렇지 않은 놈들은 대부분 거대하거나 등급이 높아 위험한 몬스터였다.

그 때문에 잡으려면 대몬스터 병기인 아머드 기어나 타이탄이 동원되지 않는 이상 잡기가 무척 어려웠다.

이런 이야기를 들은 대통령과 총리 등 위정자들의 표정이 무척이나 어두웠고, 그들의 표정에 설명하던 이기동 본인도 답답함을 느꼈다.

"회장님. 아케인 클랜의 정정진 클랜장으로부터 메시지가 와 있습니다."

이기동 회장이 눈을 감고 생각에 잠겨 있을 때 비서가 다가와 말을 걸었다.

"정정진 클랜장이? 뭐지?"

이기동은 정진이 자신에게 메시지를 남겼다는 말에 눈을 뜨고 비서를 쳐다보았다.

"회장님께서 청와대에 들어가셨을 때, 찾아 오셨습니다. 자리에 계시지 않다고 하니 메시지를 남기고 돌아가셨습니다."

"그래?"

이기동은 정진이 자신을 찾아왔다는 이야기에 관심을 보이며 비서에게서 메시지를 건네받았다.

메시지의 내용을 본 이기동이 눈을 동그랗게 떴다.

어떻게 안 것인지 모르겠지만 정진이 식량 문제를 어느 정도 해결할 수 있는 방법이 있다고 알려온 것이다.

이기동이 급히 고개를 들고 비서를 바라보았다.

"그만 나가 봐요."

"알겠습니다."

비서가 나가자 이기동은 곧바로 정진에게 전화를 걸었다.

✝   ✝   ✝

정진과의 통화를 마친 이기동은 곧장 아케인 빌딩으로 향했다. 그만큼 중요하고 급한 사안이었다.

헌터 협회는 준 정부 조직이나 마찬가지다. 현재 대한민국에 닥친 식량 위기는 국민 한 사람으로서 돌아보지 않을 수 없는 중대한 문제였다.

이기동은 자신의 힘으로 이 일을 해결하는 데 조금이라도 도움이 될 수 있다면 뭐든 하고 싶었다.

그런데 뜻밖에 정진이 해결 방안이 있다고 하니, 이기동은 거의 나는 듯이 정진에게 달려왔다.

"안녕하셨습니까?"

"어서 오세요, 회장님."

집무실에 앉아 있던 정진이 이기동을 반갑게 맞았다.

벌써 수년째 함께하고 있는 두 사람은 어느새 나이를 떠나 서로를 존중하는 사이가 되어 있었다.

"뉴 어스에서 농사를 짓는다니, 그게 정말 가능합니까?"

이기동이 진지한 얼굴로 물었다.

정진은 살짝 미소를 지으며 그를 쳐다보았다.

이미 송소림에게서 현재 대한민국에 벌어지고 있는 일에 대해 들었기에 이기동이 무엇 때문에 저렇게 급해서 발을 동동 구르는지 알고 있었던 것이다.

"그곳도 생명체가 사는 곳인데 농사를 짓지 못할 것도 없잖습니까. 충분히 가능합니다."

"그렇긴 하지만… 몬스터가 계속 나올 텐데 괜찮겠습

니까?"

"물론 몬스터를 방비하면서 농사를 지으려면 조금 번거롭긴 하겠지만, 불가능한 일은 아닙니다."

정진은 차분히 자신의 계획을 설명하기 시작했다.

"현재 우리나라가 가진 것을 이용하면 그리 어렵지 않을 겁니다."

"가진 것이요?"

이기동이 의아한 눈으로 그를 바라보자, 정진이 미소 지었다.

"타이탄 말입니다."

"예?"

이기동이 경악하여 그를 바라보았다.

"타이탄이라니, 타이탄을 농사에 사용한다는 겁니까?"

이기동은 놀라움을 감추지 못했지만, 정진은 태연하게 고개를 끄덕였다.

"경제성이 있을까요? 타이탄의 생산가를 생각하면 너무 낭비가 아니겠습니까? 농사를 짓는다고 하면 한두 대 가지고는 충분한 양을 생산할 수도 없을 것 같은데 말입니다."

이기동이 걱정스러운 듯 말했다.

그런 이기동의 의문에 정진은 자신의 설명이 제대로 이기동에게 전달이 되지 않았다는 생각을 하고, 다시 차근차근 설명을 해주었다.

"아, 뭔가 오해를 하신 것 같은데, 농사에 사용할 타이탄은 지금 생산하고 있는 대몬스터 병기로서의 타이탄이 아니라… 음……. 이렇게 생각하시면 되겠군요."

정진은 잠시 어떻게 설명을 해야 이기동이 잘 알아들을까 고민했다.

"지구의 예시를 들자고 하면, 군용 장비인 전차와 농사를 짓는 트랙터의 차이라고 할까요?"

하지만 여전히 이기동은 고개를 갸웃거리고 있었다. 정진은 미소를 지으며 다시 설명했다.

"쉽게 말씀드리면 농업용으로 기동시킬 타이탄을 따로 제작할 겁니다. 대몬스터용으로 사용할 타이탄에 비해 출력이 낮지만 제작 단가가 훨씬 저렴한 타이탄을요."

"아, 그렇군요. 다른 용도로 타이탄을 그렇게 개발할 수도 있나 보군요."

이기동이 그제야 안심한 듯 고개를 끄덕였다.

정진이 이기동에게 설명한 타이탄은 사실 뉴 어스의 왕국 시대에도 사용된 것이었다. 당시 데메르 평원을 가지고 있던 켈리한 왕국에서 드넓은 데메르 평원을 경작하기 위해 개발한 서번트였다.

사실 서번트는 타이탄을 개발하는 과정에서 나온 부산물이었다.

왕국 시절 타이탄 개발은 각 왕국의 흥망에 영향을 줄 정도로 지대한 사업이었고, 왕족과 귀족들은 너도 나도 타이탄을 개발하기 위해 막대한 예산을 투입하였다.

타이탄을 생산하는 마법사와 마탑들은 보다 뛰어난 타이탄을 개발하기 위해 노력을 하였다.

그러한 시도가 모두 성공을 거둔 것은 아니었다.

서번트는 한 작은 마탑에서 개발되었다.

처음에는 누구도 그 타이탄을 타이탄이라 인정하지 않았다.

타이탄이라고 하기에는 너무도 성능이 형편없었기 때문이다.

출력도 출력이지만, 너무 작은 마탑이다 보니 타이탄의 봉인 마법을 가진 마법사가 없었던 것이다.

타이탄은 그 크기와 무게 때문에 장거리 이동을 하기 어렵다는 특성이 있다.

그렇기 때문에 초기 타이탄이 개발되었을 때는 타이탄을

따로 운송할 수단이 필요했는데, 너무도 무거운 무게 때문에 운송 수단을 따로 개발을 해야 할 정도로 어려움이 많았다.

타이탄은 점차 봉인 마법을 통해 운송하는 것으로 발전해 갔다.

6서클 마법에 존재하는 공간 확장 마법이 가장 먼저 연구가 되었다. 하지만 타이탄을 보관할 수 있을 정도로 넓은 공간을 확보해도, 확장 마법으로는 그 무게를 감당할 수가 없었다.

마법사들은 곧바로 무거운 물건의 무게를 줄이는 라이트 마법을 연구했다.

하지만 이 연구는 실패로 돌아갔다. 공간 확장 마법과 라이트 마법을 결합을 하더라도 줄일 수 있는 무게에는 한계가 있었기 때문이다.

그리고 마지막으로 연구된 것이 바로 소환 마법이었다.

오래전부터 흑마법의 일종으로 금기시되던 마법이지만 이계의 생명체를 소환하는 것이 아닌, 미리 봉인된 물건을 불러오는 방식으로 연구를 시작한 것이다.

서번트를 개발한 마탑에서는 이 마법을 타이탄에 새겨 넣을 수 있는 사람이 없었다.

그래서 그들은 다른 방향으로 타이탄을 개발하였는데, 바로 타이탄의 기동성을 높이기 위해 타이탄의 두 다리를 빼고 바퀴를 설치한 것이다.

허리 아래로 달린 네 개의 바퀴로 넓은 곳에서 안전하게 움직일 수 있었고, 바퀴가 달린 부분 위쪽으로 적재 공간을 만들 수도 있었다.

마치 신화 속에 나오는 반인반마와 같은 형태였다.

서번트는 다른 타이탄 엔지니어나 귀족들에게 인정을 받지 못했다.

도로가 발달되지 않은 시대에 바퀴가 달린 타이탄이 다닐 수 있는 곳이 한정되어 있었으니, 바퀴가 달려 있다 하더라도 전장까지 그것들을 옮길 수 없었던 것이다.

하지만 농업 국가였던 켈리한 왕국의 국왕은 다르게 생각을 하였다.

그는 남다른 시각을 가지고 서번트를 보았다.

서번트는 그 형태 때문에 탑승해 있는 마스터가 검술을 펼치는 데 제한이 많았다.

켈리한 왕국의 국왕은 서번트의 몸체 뒤에 있는 적재 공간에 관심을 보였다.

켈리한 왕국은 곡창지대인 데메르 평원에서 수확되는 엄

청난 물량의 곡식을 제대로 수확하지 못하고 있었다.

그런데 서번트와 같이 적재 용량도 크고 기동성이 뛰어난 것이 있다면 재배를 하고도 수확을 제때 하지 못해 버리는 곡물이 없을 것이란 생각을 한 것이다.

이후 마탑에서는 서번트에 들어간 엑시온의 출력을 대폭 줄이고, 전투를 위해 둘러져 있던 장갑의 무게를 획기적으로 줄여 보다 효율적으로 개량했다.

이후 켈리한 왕국에서 사용되기 시작하면서 서번트는 그 효용을 인정받기 시작했고, 운송 수단이 필요한 상인들이나 농부들에게 각광받게 되었다.

정진은 데메르 평원을 조사할 때 로난에게 서번트에 대해 듣게 되었다.

그러면서 마땅한 운송 수단이랄 게 없는 뉴 어스에 자리를 잡을 때는 서번트를 만들어 이용해야겠다고 계획하고 있었다.

"비록 타이탄에는 미치지 못하지만 그 크기가 있기에 중형 몬스터 정도는 서번트만으로도 충분히 상대할 수 있습니다."

정진은 서번트의 성능과 제작에 대해서 로난에게 자세히 들어두었다.

비록 전투용이 아니라고 하지만, 크기와 중량을 따져 보면 현재 대몬스터 병기로 사용되고 있는 아머드 기어와 비슷하거나 좀 더 좋을 것이라고 로난은 말했다.

현재 노태 그룹 관련 사건으로 인해, 국내에서 유일하게 아머드 기어를 자체 생산할 수 있었던 노태 인더스트리를 포함한 모든 노태 그룹이 외국으로 넘어갔다.

그런데 정진의 이야기를 들은 이기동은 또 그게 아닌가 보다.

오성과 성대, 신세기 세 그룹에서 타이탄을 생산하고 있다고 하지만 이들을 모두 합쳐도 전체 타이탄의 대수는 그리 많지 않았다.

하지만 아머드 기어의 생산은 이미 많은 발전을 이루었고, 자원만 허락한다면 통조림을 찍어내듯이 얼마든지 만들어낼 수 있었다.

비록 타이탄에 비해 전투력이 떨어져 밀려나긴 했지만 아직도 아머드 기어는 뉴 어스에서 몬스터 헌팅의 필수품처럼 여겨지고 있다.

비록 선진국의 아머드 기어에 비해 약간 성능이 떨어지기는 했다. 하지만 그래도 가격도 저렴하고, 주문을 하고 난 뒤에 도착할 때까지 한참을 기다려야 하는 불편함이 없었기에 노태 인더스트리에서 생산되는 아머드 기어의 인기는 국내에서 제법 괜찮은 편에 속했다.

그런데 정진의 이야기로는 서번트가 비록 타이탄에는 미치지 못하지만 아머드 기어보단 좋다는 이야기가 아닌가.

이기동은 만약 서번트를 생산할 수만 있다면 아직 대중성이 떨어지는 타이탄을 대체할 수 있는 병기로서도 센세이션을 일으킬 수 있을 거라 생각했다.

"그 서번트라는 것을 개발하려면 얼마나 걸릴 것 같습니까?"

이기동은 이미 서번트에 마음을 빼앗긴 상태였다.

아직 뉴 어스에 농토를 만드는 것에 대한 어떤 논의도 되지 않았는데, 농토를 개발할 서번트에 정신이 팔린 것이다.

문제는 뉴 어스에 농토를 개발하는 것만이 아니었다.

정말로 서번트를 개발할 수만 있다면 식량 위기는 문제도 아닐 것이다.

아마 아케인 클랜에서 뉴 어스에 식량 재배를 할 수 있는 토지를 개발하겠다고 한다면 쌍수를 들고 환영할 것이다.

구체적인 계획까지 설명하면 당장이라도 허가를 내줄 게 틀림없었다.

이기동은 눈을 반짝이며 정진을 재촉했다.

Chapter 5
위기를 극복하기 위한 준비

홍콩 블루 뱀브 본사.

세계 3대 정보 조직 중 하나인 블루 뱀브의 본사는 한국에서 전해진 문건 하나로 인해 비상이 걸려 있었다.

블루 뱀브의 본사를 발칵 뒤집은 그 정보는 다름이 아니라 블루 뱀브 내에서도 핵심 간부들 몇 명을 빼고는 알지 못하는 아케인 클랜의 클랜장에 관한 내용이었다.

바로 정진이 블루 뱀브에 한 제안 때문이었다.

아직 밝혀진 것이 거의 없는 미지의 땅인 뉴 어스에 도시를 건설한다는 것만도 놀라운데, 자신들에게 직접 그 계획에 참여할 의사가 있는지 물어온 것이다.

송소림이 이 일을 전달하자마자, 사장인 송가연을 필두로 한 블루 뱀브의 간부진 전체가 반쯤 패닉에 빠졌다.

연일 계속되는 회의 끝에, 특급 비밀에 해당하는 아케인 클랜과 정진에 관한 정보를 조직 내에 알리기로 결정할 수밖에 없었다.

더 이상 간부진들만 알고 진행하기에는 너무 어려움이 컸기 때문이다.

다만 조직 밖으로는 나가지 않도록 하기 위해 엄중한 비밀 엄수를 약조시켰다.

"이게 가능한 일이라 생각하십니까?"

간부 중 한 명이 부정적인 뜻을 담아 질문을 하였다.

송가연은 회의장 한쪽에 자리 잡고 있는 송소림을 쳐다보았다.

아무리 긴급회의를 한다고 해도 한 다리 건너 정보를 받아 회의를 하다 보니 정확한 결론을 내릴 수가 없었다. 한국 지부장인 송소림이 이 중요한 자리에 있는 이유는 바로 이것이었다.

송가연의 눈짓을 본 송소림은 긴장된 표정으로 자리에서 일어나 이야기를 하기 시작했다.

"한국 지부의 지부장으로 있는 송소림이라고 합니다. 잠시 이 자료를 좀 봐주시기 바랍니다."

송소림은 사전에 준비해 둔 자료를 회의에 참석한 간부들에게 나눠주었다. 한국 지부에서 수집한 정진과 아케인 클랜에 대한 정보들이었다.

자료를 모두 읽은 간부들이 하나둘 고개를 들자, 송소림이 손에 자료를 든 채 말을 이어나갔다.

"가장 첫 페이지에 정리한 내용을 보시면, 아케인 클랜이 오래전부터 뉴 어스에서 몬스터로부터 안전한 쉘터를 건설해 왔다는 걸 알 수 있습니다. 물론 다른 간부님들께서는 이것이 500명 정도를 수용할 수 있는 소형 쉘터이기 때문에 걱정하시는 것이라 봅니다."

주위에 둘러앉아 있던 간부들 몇몇이 고개를 주억거렸다.

"하지만 이 쉘터들은 소형 쉘터라고는 해도, 모두 지난 4차 몬스터 웨이브를 성공적으로 막아내는 데 지대한 공헌을 하기도 했습니다."

한번 그들을 둘러본 송소림이 말을 이었다.

"그 뒷 페이지의 내용은 모두 대한민국에서 건설한 도시형 쉘터에 관해 조사한 내용인 걸 보셨을 겁니다. 그동안 저희가 정보를 모으면서 세운 가설 가운데에도 있었지만, 평양 신도시에 구축된 쉘터 시스템 전체가 아케인 클랜에 의해서 만들어진 것이라는 걸 정정진 클랜장으로부터 확인했습니다."

송소림의 이야기를 들은 간부들이 어느 정도 납득한 표정을 지었다.

"정정진 클랜장의 말에 의하면 평양 신도시에 적용된 시스템을 개량하여 뉴 어스에서 제작할 수 있다고 합니다."

송소림의 이야기를 들은 간부들은 놀란 표정을 지었다.

지금까지 대외적으로 알려진 사실에 의하면, 대한민국은 이북 지역을 수복하면서 군에 보유하고 있던 많은 무기들을 소모하며 상당히 많은 예산을 사용하였다.

심지어 수복한 북한 지역을 실효 지배하기 위해 무리하게 도시 건설을 하느라 상당한 무리를 했다는 것이 일반적인 생각이었다.

하지만 송소림이 나눠준 자료에 의하면 북한 지역, 특히 평양과 신의주 위주로 건설된 건축물들이 그 자체로 방어시설이 갖춰진 하나의 쉘터라는 것을 알 수 있었다.

이것이 사실이라면 한국은 자신들이나 다른 정보 조직들이 판단한 것보다 훨씬 적은 예산으로 북한 지역을 개발했을 것이고, 알려진 것보다 군사력 측면에서도 손실이 적을 것이다.

오히려 노후된 장비를 소비하고 새로 장비를 구비했으니 군사력이 이전보다 더 강력해졌다고 보는 것이 맞을 것이다.

"확인된 정보입니까?"

송가연이 눈만 들어 송소림의 얼굴을 바라보았다.

"북한 지역에 건설된 도시들의 정확한 기능은 알 수 없습니다. 다만 도시 중앙에 극비 시설물이 설치되어 있는데, 그것이 게이트와 비슷한 형태를 하고 있는 것을 확인하였습니다. 게이트와 비슷하게 사람이나 작은 크기의 물건을 순식간에 이동시킬 수 있다는 정보도 확보했습니다."

송소림은 또 다른 문서 한 장을 송가연에게 내밀었다.

바로 그 정보를 알아내기 위해 지출한 지출 내역이었다.

송소림은 한국에서 정보를 수집하는 수집처인 송림정을 운용하면서 헌터 협회 간부와 정부 관계자들을 접대하며 도시 시설물에 관한 정보를 취득하였다.

정보를 취득하기 위해 사용한 비용까지 있으니 믿지 않을 수 없었다.

"도시 방어를 위해 어떤 장치가 되어 있는지는 알 수 없지만 아주 특별한 장치가 있을 것은 분명하다고 봅니다. 4페이지를 봐주십시오."

송소림이 자신이 들고 있던 자료를 직접 펴 보이며 말했다.

4차 몬스터 웨이브 당시 아케인 클랜의 활약에 대한 것이었다. 특히나 아케인 클랜에서 건설한 쉘터에서 이루어진 엠페러 제1, 제2쉘터에서의 전과가 주를 이루었다. 엠페러 클랜의 헌터들이 한 증언도 포함되어 있었다.

"그렇군. 이런 능력이 있다면, 새롭게 건설하는 도시를 방어하는 데 사용하지 않았을 리가 없겠지."

송가연이 납득한 듯 고개를 끄덕였다.

긴장한 채 보고하던 송소림이 조금 안심한 듯한 표정을 지었다.

"정정진 클랜장이 확답을 했다고는 하지만, 10만 명 이상을 수용할 수 있는 대규모 쉘터를 만들 수 있다는 근거가 또 있습니까?"

간부 중 한 명이 물었다.

"맞습니다. 가능하다고 해도 이는 식량 위기 앞에 단순하게 끝낼 수 있는 문제가 아닐 겁니다. 자원이 부족한 상황에서 확실하지 않은 제안에 우리가 반드시 협조해야 할 이유가 있습니까?"

한 사람이 부정적인 의견을 어필하자 여기저기서 비슷한

의견이 쏟아졌다.

날카로운 질문이었지만 송소림은 그리 당황하지 않았다. 이 제안의 진정한 가치를 아는 사람이라면 누구든지 그럴 것이다.

송가연은 조용히 혼자 생각에 잠겨 있었다.

그런 송가연의 모습에 자신의 의견을 떠들던 간부들이 조금씩 조용해졌다.

이윽고 회의장은 바늘 하나 떨어지는 소리도 들릴 정도로 숙연해졌다.

마침내 생각에 잠겨 있던 송가연이 고개를 들며 작게 한 숨을 내쉬었다. 동시에 회의장 전체를 감싸고 있던 긴장감이 풀렸다.

"우리 블루 뱀브는 아케인 클랜, 아니, 아케인 클랜의 클랜장인 그와 함께 움직이기로 이미 결정되어 있습니다. 이번 프로젝트도 함께하죠."

여기저기서 불안에 찬 표정을 짓고 있는 간부들의 모습이 보였지만, 송가연은 자신의 결정을 번복하지 않았다.

지금까지는 몬스터 헌팅 산업을 비롯한 세계의 흐름을 미국이 주도하고 있었지만, 앞으로는 그렇지 않을 것이다.

미국이 그동안 세계의 흐름을 주도한 것은 엘프들에게서

나온 기술 때문이다.

그런데 그런 엘프들을 능가하는 능력을 가진 존재, 지구 상에 거의 유일무이한 마도사가 있다. 바로 한국에 자리한 아케인 클랜의 클랜장인 정진이었다.

송가연은 아케인 클랜이 출현하기 전과 후, 대한민국이 어떻게 변했는지를 생각했다.

아케인 클랜은 매직 웨폰과 포션을 생산하고 있다. 정보 에 의하면 타이탄의 생산에까지 관련되어 있다.

아케인 클랜에서, 정확히는 정진이 무언가 할 때마다 대 한민국에는 대격변이라고 할 수 있는 흐름이 발생했다. 그 것은 그가 속한 클랜과 협회, 국가에 이르기까지 긍정적인 변화를 가져왔다.

송가연은 정진의 적들에 대한 정보도 들은 바 있었다.

정진 쪽에서 정보를 철저히 차단했기에 많은 정보를 알아 내지는 못했지만, 정진과 한 번이라도 대적했던 인물은 모 두 파멸하였다는 건 부정할 수 없는 사실이었다.

일례로 정진과 척을 지었다가 정상의 자리에서 나락으로 떨어진 전 헌터 협회장 전기수는 어떠한가.

반면 정진과 손을 잡은 이후 내내 승승장구해 온 이기동 을 생각해 보면, 이 제안에 대답하는 것은 그리 어려운 일이 아니었다.

송가연은 송소림이 있는 한국 지부에서 조사한 정보를 통해 알아본 정진과 한 편인 자들에 대해 생각해 보았다.

정진의 가족, 아케인 클랜의 헌터들, 지인들, 클랜 직원, 헌터 협회의 이기동, 오성, 성대, 신세기 그룹, 백화 클랜, 엠페러 클랜, 독일의 드워프, 미국의 엘프, 한국 헌터 관리국……

정진이 나서기 이전과 이후를 생각해 볼 때, 정진과 사이가 가까운 이들일수록 성장했고, 발전했고, 많은 것을 얻었다.

하지만 송가연이 정진의 제안을 받아들이기로 한 이유는 단지 과거 정진과 손을 잡은 이들이 모두 성공했기 때문만은 아니었다.

오히려 그녀의 선택에는 아직도 정진에게 숨겨진 능력이 얼마나 더 있을지 모른다는 것이 주효했다. 지금까지만 해도 정진은 세상을 모두 뒤흔들어 놓은 변화를 가져왔지만, 그것조차 그에게는 단지 빙산의 일각일지도 모른다.

송가연은 이전에 보았던 정진의 전투 영상을 떠올렸다.

몬스터 웨이브 당시 정진이 펼친 대규모 마법. 그것은 시야를 가득 메울 정도로 많은 엄청난 숫자의 몬스터들을 단숨에 얼음 동상으로 만들어 버렸다.

더욱이 그런 일을 벌이고도 정진의 모습은 아무렇지도 않아 보였다. 상식적으로 생각할 때 조금 지쳐 보인다든가, 숨이라도 몰아쉬는 것이 정상인데 말이다.

단신으로 그런 일을 만들어내는 자의 능력이 어디까지일지, 일반인인 자신은 쉽게 가늠도 할 수 없었다. 아직도 그 영상 속의 정진의 모습을 생각하면 소름이 돋는다.

'분명 더 큰일을 할 사람이다.'

여기에 자신이 속한 블루 뱀브가 협조한다면, 세계를 뒤흔들 역사적 흐름에 발맞춰 움직이게 되는 것이다.

송가연은 정보 조직을 오랫동안 운영해 온 수장으로서 직감적으로 이것이 조직의 명운이 걸린 거대한 선택의 갈림길이라는 것을 느꼈다.

간부들의 표정은 그리 마뜩찮아 보였다. 하지만 조직의 수장인 자신의 말에 반기를 들 수 없어 따르는 모습이었다.

불만이 있을 것은 알지만, 당장 지금의 제안에 불안한 부분이 있다고 하더라도 지금은 안전을 위해 몸을 사릴 때가 아니었다.

정진의 능력만 생각해도, 앞으로 한국이 세계의 흐름을 주도해 나갈 것이라는 것은 아주 쉽게 추측할 수 있는 일이다.

'이것은 기회다.'

송가연은 웅성거리는 간부들을 바라보며 그렇게 생각했다.

✝   ✝   ✝

세계 군사력 2위, 몬스터 헌팅 관련 산업 2위. 누구라도 중국이 강대국이라는 것을 부정할 수는 없을 것이다.

세계에서도 가장 앞서 나가는 선진국의 수장이라면 세계와 자국의 앞날을 직접 선택할 수 있는 위치에서 긍정적이고 밝은 전망만을 할 것 같지만, 실상은 그렇지 않았다.

주석인 주진평의 표정은 영 좋지 않았다.

중국이 기침만 해도 휘청휘청하던 변방의 반도국인 한국이 어느 순간 자신들을 제치고 국제사회에서 큰소리를 치기 시작한 것이다.

인구도 자신들에 비해 적고, 헌터의 숫자조차 적어 몬스터 웨이브로 언제 망해도 망하리라 생각했던 약소국이, 4차 몬스터 웨이브를 막아내고 무너진 북한 땅에 서식하던 몬스터를 섬멸하며 영토를 넓힌 것이다.

주진평이 혀를 찼다.

'몬스터 웨이브만 아니었어도 우리나라의 땅이었을 것을!'

동북공정을 실현시키기 위해 착실하게 북한 위쪽의 동북 3성에 자리한 심양군구의 전력을 높여왔다.

그랬기에 몬스터 웨이브가 발생하기 전 한국에서 몬스터에게 점령된 북한 지역에서 몬스터를 몰아내기 위해 협동작전을 벌이자고 공문을 보냈을 때, 이를 거부한 것이다.

자신들이 도와주지 않으면 무조건 실패할 것이라고 예상했다.

'하지만 아니었지.'

주진평이 미간을 찌푸렸다.

거의 통보하듯이 협동작전에 대한 공문을 보낸 것도 어이가 없었는데, 한국은 단독으로 작전에 돌입했다.

한국군의 공격을 피해 압록강을 건너온 몬스터로 인해 피해가 발생했을 때 항의했음에도, 한국 정부는 이런 자신들의 항의를 콧등으로도 듣지 않았다.

이미 경고를 했는데 중국 쪽에서 무시한 게 잘못이라는 거였다.

이는 대국인 중국을 무시한 행위이고 이는 좌시할 수 없는 수치였다. 감히 소국이 대국을 무시하고 욕보인다는 것에 분노한 그는 외교적인 보복을 하기 위해 움직였다.

그런데 하필 그때 몬스터 웨이브가 시작이 되었다.

중국은 어쩔 수 없이 계획을 철회하고 대재앙인 몬스터 웨이브를 막는 데 총력을 기울였다.

역대 그 어느 때보다 많은 몬스터가 게이트를 향해 몰려들었다.

그 때문에 하마터면 게이트에 자리한 쉘터가 무너질 뻔한 위기가 오기도 했고, 실제로 많은 숫자의 몬스터들이 방어선을 통과해 국토까지 넘어오기도 했다.

그나마 타이탄 마스터가 탄생하면서 위기를 극복하기는 했지만, 몬스터 웨이브가 끝났을 때는 게이트 주변 지역이 만신창이가 되어 있었다.

막강한 군사력도, 세계 2위의 헌터 강국이란 명성도 자연재해나 마찬가지인 몬스터 웨이브 앞에서는 풍전등화와 같았다.

그런데 자신들이 막대한 피해를 입은 것에 비해, 한국에서는 별다른 피해도 없이 몬스터 웨이브를 모두 막아냈다. 더욱이 평양 게이트에서 몰려나온 몬스터들까지 처리하고, 그대로 진격하여 북한 지역의 땅을 선점해 버리고

만 것이다.

심지어 한국에서 처리한 몬스터들은 굉장히 온전한 상태로 죽어, 수많은 부산물들과 마정석이 나왔다.

한국은 몬스터 웨이브에서 얻은 자원들을 바탕으로 지난 10여 년간 몬스터로 인해 황폐해진 북한 땅을 개발하고 도시를 건설하는 등, 한반도를 균형적으로 발전시키고 완전히 영토화했다.

최근 자신들과 미국, 일본에서 합세하여 외교적인 압박을 가하고 있다.

중국은 한국의 대기업 오너 일가가 몰살을 하는 사태로 인해 한국 경제가 혼란한 틈을 타고 막대한 화교 자본을 이용해 한국의 기업들을 사냥하였다.

거기에 미국의 곡물 회사인 가길과 콘스넨탈에서 한국과 곡물 수출입 계약을 파기하면서 식량 자급률이 낮은 한국을 압박하자, 중국도 이에 껴들어 한국으로 수출하는 옥수수와 콩에 대한 수출을 금지하였다.

주진평은 이때 깨닫게 되었다. 한국을 괘씸하게 생각하는 것은 자신뿐만이 아니라는 사실을 말이다.

그래서 한국 정부에서 계속해서 외교적으로 해결을 하기 위해 회신을 보내도 응답을 하지 않았다.

그 때문에 한국은 심각한 식량 위기에 처하게 되었다.

그런데 어느 순간 한국에서 소식이 딱 끊겼다.

원래는 계속 시간을 끌다 한국의 상황이 정말 어려워졌을 때 못 이기는 척 포션과 타이탄에 관한 협상을 벌이려 했는데, 감감무소식이었다.

그때, 한국에서 몬스터에 노출되어 있는 약소국들의 게이트 쪽으로 헌터들을 파견하며 국제적인 입지를 세웠다.

그리고 대신 그들로부터 식량 자원들을 수입하는 것으로 위기를 벗어났다.

그에 반해 관리를 해주겠다며 헌터들을 파견해서 단물만 쏙 빼먹고, 막상 몬스터 웨이브가 시작되자 도망친 중국과 미국 등 강대국들은 국제적인 비난을 피할 수 없었다.

그중에서도 중국은 세계에서 가장 많은 숫자의 헌터들을 보유하고 있었음에도 외국에 파견나간 헌터들을 모두 불러들였다는 것으로 비난을 받았다.

반대로 명성을 얻은 한국에 대한 시기와 질투는 더 강해졌다.

그러니 더욱 한국이 세계인들에게 칭송을 받는 것에 화가 날 수밖에 없었다.

한국이 식량 위기에 처하도록 곡물 수출을 막은 것은 오히려 그들에게 화가 되어 돌아왔다.

중국 내에서 자신에 대한 불평의 말들이 나오기 시작한 것이다.

중국은 많은 곡물을 소비하는 나라 중 하나지만, 오래전부터 식량이 무기화될 수 있다는 생각에 식량 자급률을 높인 국가이기도 했다.

중국은 인구에 비해 땅이 무척이나 넓다.

쌀이나 밀을 심기에 적합하지 않은 척박한 땅들이 많지만, 그래도 구황작물인 옥수수나 감자 등을 재배하는 것에는 무리가 없었다.

넓은 국토에서 재배된 작물들은 자국에서 소비하고도 남아 언제나 다른 국가들에 수출하곤 했는데, 이번 작전을 위해 한국에 수출하는 모든 물량을 정지시켰다.

그 탓에 국내에 작물이 남아돌아 가격이 폭락하고 말았다.

다른 나라도 그렇지만, 중국에서도 이런 작물을 대규모로 재배하는 것은 모두 대부호들이다.

공산주의 체제라지만, 중국 역시 신경 쓰지 않을 수 없는 부분이었다.

한국에 대한 곡물 수출 금지 정책으로 인해 막대한 손해를 보게 된 권력자들은 주진평에 대한 불만의 목소리를 내기 시작했다.

어떻게 하든 최대한 빨리 이를 해결해야만 자신의 권력을 계속해서 유지할 수 있다.

그렇다고 실시한 정책을 금방 거둘 수도 없는 노릇. 그랬다가는 그들의 불만은 해결한다 하더라도 지도자로서의 능력을 의심받게 될지도 모른다.

한국을 압박하는 데에도 실패했는데, 자신이 펼친 정책이 도리어 자신에게 위협이 되자 머리가 아팠다.

† † †

휙! 휙!

이정진은 계속해서 검을 휘둘렀다.

뭔가 느낌이 올 듯하다가도 끊기는 것이 여간 신경 쓰이는 것이 아니었다.

이제는 그런 생각 자체를 잊기 위해 명상을 중단하고 검을 휘두르고 있었다.

그는 클랜장인 정진이 알려준 방법으로 지금까지 수련을 하여 그가 알려준 최상급 익스퍼트의 경지에 이르렀다.

하지만 어느 순간 발전이 정체되었다.

정체된 시간이 길어질수록 이정진은 이게 자신의 한계인가 싶은 생각까지 들었다.

최상급 익스퍼트라는 경지 또한 지구의 헌터 분류법으로 생각하면 전무후무한 헌터다.

아케인 클랜 내 초기 간부들을 빼면, 공식적으로 알려진 헌터 중에선 아직까지 2급 헌터조차도 없다.

다시 말해 현재 이정진은 헌터로서 명실상부한 세계 최강자이며, 바로 아래에 있는 이들과도 딴판이라는 것이다.

남들은 상상도 못하고 있을 실력을 가지고 있으니, 막말로 지금의 경지에 만족하고 적당히 실력이 녹슬지 않도록 유지하는 것만으로도 충분할지도 모른다.

하지만 이대로 만족하기에는 불만족스러웠다.

조금만 더 나아가면 정체된 지금의 경지를 넘어서 완전히 새로운 세계를 마주할 수 있을 것 같은데, 그 벽을 넘기 위한 아주 작은 깨달음이 올 듯 말 듯했다.

현재 자신은 부클랜장으로서의 업무는 뒤로한 채, 이 벽을 뛰어넘기 위한 개인 수련을 지속하고 있었다.

그렇게 해준 정진의 배려를 생각해도 이대로 포기하고 돌아서는 건 할 수 없었다. 어쩐지 직무 유기라는 생각이 들었다.

하지만 아무리 명상을 해도 길은 보이지 않았고, 결국 답답한 생각에 떨치고 일어나 아무 생각 없이 손 가는 대로 검을 휘두르고 있었던 것이다.

그렇게 10분, 20분, 계속 시간이 흘러갔다.

처음에는 몸에 익힌 검술에 따라 움직이던 검이 아무 규칙도 없는 단순한 베기, 찌르기로 바뀌었다.

이정진은 얼마나 검을 휘둘렀는지도 깨닫지 못했다. 땀으로 범벅이 된 데다 검을 든 손이 후들거렸지만 그것도 인식하지 못했다.

그런데 어느 순간, 흐르던 땀이 모두 한순간에 말라 버렸다.

팟!

바짝 마른 무언가가 터져 나가는 듯한 아주 미약한 소리가 들리더니, 이정진의 몸에서 빛이 새어 나오기 시작했다.

무아지경에 빠진 이정진은 그조차도 눈치채지 못하고 계속해서 검을 휘둘렀다.

이정진의 몸에서 또 다른 변화가 일어났다.

터져 나온 빛이 사그라들자, 이정진은 다시 땀을 흘리기 시작했다.

그것은 이상한 빛깔에 고약한 냄새를 풍겼다.

입고 있는 의복을 다 적실 정도로 흘러나온 그것은 순식간에 다시 말라 버렸다. 젖어 있던 옷은 놀랍게도 시간을 돌린 것처럼 삭아 흩어져 버렸다.

동시에 쏟아지는 듯한 빛이 이정진에게서 흘러나왔다. 빛은 점점 밝아져, 종국에는 빛이 움직이며 검을 휘두르는 것처럼 보일 정도였다.

완전히 지쳐 쓰러질 정도인데도, 이정진의 움직임은 오히려 처음 움직이기 시작했을 때보다 더 경쾌해 보였다.

점차 빛은 이정진에게 스며들 듯 조금씩 사라져 갔다.

그제야 이정진은 움직임을 멈추고, 감고 있던 눈을 떴다.

눈꺼풀에 감춰져 있던 동공에서 맑고 투명한 빛이 순간적으로 쏟아졌다.

이정진은 자신이 그렇게 바라던 한계의 벽을 뚫었다는 것을 깨달았다. 벽을 깼다고 거기서 멈추고 싶은 생각은 들지 않아 계속 움직였는데, 그러는 사이 이런 변화가 벌어졌다.

더 높은 경지로 오르자는 욕심은 생기지 않았다. 몸이 시키는 대로 움직였을 뿐이었다.

그리고 어느 순간 중지를 해야겠다는 생각이 들어 멈췄을 뿐이었다.

눈을 뜨고 현실로 돌아온 이정진은 기묘한 충격에 입을 다물지 못했다.

수련을 하기 위해 몇 달간 계속해서 보았던 풍경. 아케인 클랜의 시작점이라 할 수 있는 영원의 숲은 그에게 너무도 익숙한 장소이다.

하지만 지금은 그 언제나와 같은 풍경이 오싹할 만큼 새롭게 느껴졌다.

"이것이… 마나라는 거구나."

이정진의 눈에는 뉴 어스의 대기에 흐르는 마나의 모습이 보이고 있었다.

'소드 마스터의 경지에 들어섰다.'

이정진은 한참이나 제자리에 서서 주변을 둘러보았다.

사실 오러라는 것은 소드 마스터라는 경지와 아무 연관이 없다.

그동안 그가 소드 마스터가 아니라 최상급 익스퍼트의 경지였음에도 검강을 쓸 수 있던 것은 검이 아닌 마나에 대한 깨달음 때문이었다.

이정진의 옆에는 그 누구보다 마나에 관해 잘 알고 있는 존재인 정진이 있었다.

그랬기에 일찍이 검강을 사용하며 엄청난 실력을 보일 수 있었다.

하지만 검에 대한 깨달음은, 인간의 신체와 우주에 대한 본연적인 깨달음은 마나에 대한 깨달음과는 그 종류가 조금 달랐다.

이는 정진이 도와줄 수 있는 영역이 아니었고, 이정진 스스로가 넘어서야 하는 벽이었다.

이정진은 뿌듯함과 감동이 뒤섞인 복잡한 얼굴로 나무 그루터기에 걸터앉았다.

그는 다른 사람들보다 훨씬 늦은 나이에 검술을 익혔다.

그럼에도 불과 7년여 만에 마스터의 경지에 들어섰음을 생각하면 천재적인 자질을 가진 존재라 할 수 있었다.

물론 아무런 마법에 대한 지식도 없는 상태에서 두 달 만에 5클래스 마도사가 된 정진과 비교할 수는 없겠지만, 소드 마스터의 경지가 얼마나 대단한지를 생각하면 정말 놀라운 재능이었다.

뉴 어스의 왕국 시대에도 소드 마스터가 된 사람은 몇 명 되지 않았다.

생존을 위해 검을 들어야 하는 시대였는데도 불구하고 한 왕국에 소드 마스터가 한 손에 꼽을 정도로 적었던 것이다.

그들이 마스터가 된 시기 또한 검을 수련한 지 수십 년 이상 흐른 뒤였다. 풍부한 마나가 있는 뉴 어스에서 말이다.

하지만 이정진은 마나의 혜택을 별로 받을 수 없는 지구인이다. 가족을 부양하기 위해 헌터가 되어 뉴 어스를 전전하기는 했으나, 슬슬 은퇴할 생각을 하기 시작했을 때쯤 그의 실력을 생각해 보면 거기에 큰 의미가 있는 것은 아니었다.

성인이 되어 몸이 굳어진 지도 한참이 흘러서야 수련을 시작했다. 이 점을 고려하지 않고 생각해도 이정진의 나이는 소드 마스터로서는 젊은 축에 들었다.

만약 본격적인 검술과 마나 수련을 하게 된 지 얼마 되지도 않았는데 소드 마스터의 경지에 들었음을 로난이 알게된다면, 타이탄이 아닌 이정진을 연구하려고 할지도 모른다.

"이젠 돌아가야겠군."

이곳에 온 목적을 이루었으니 더 이상 머무를 이유가 없다.

숲속에 흐르는 마나를 바라보던 이정진이 벌떡 일어나 짐을 챙겨 떠났다.

바위산 꼭대기에 배를 깔고 누워 있던 타라칸은 이정진이 떠나는 것을 조용히 지켜보았다.

— 저자도 정말 대단하군.

처음 이정진을 보았을 때는 너무도 약해, 대체 어떻게 영원의 숲에서 생존을 하였는지 이해가 가지 않을 정도였다.

그런데 불과 몇 년 사이에 믿기지 않는 성장을 이룩한 것이다.

정진이나 그 지인들의 실력을 떠올려 보던 타라칸은 이상할 정도로 뛰어난 인간들이 마스터 주변에 많은 것 같다고 생각했다.

정진의 재능이나 실력만 생각해도 뉴 어스 역사상 유일무이한 수준인데, 이제는 소드 마스터인 동료마저 생겼다.

마스터의 염원이자 자신에게 주어진 숙명인 아케인 마도 제국의 계승. 언제쯤 이룰 수 있을까 생각하던 게 무색할 정도로, 이제는 그 꿈에 크게 가까워졌다는 기분이 들었다.

그릉!

타라칸은 떠나가는 이정진의 뒷모습을 향해 낮게 울었다.

타라칸의 하울링을 들은 이정진이 바위산 쪽으로 고개를 돌렸다.

바위산 꼭대기에 엎드려 자신을 내려다보고 있는 타라칸의 모습을 본 이정진은 손을 들어 살짝 흔들어주고는 몸을 돌려 아케인 쉘터가 있는 영원의 숲 입구 쪽으로 사라졌다.

그의 발걸음에는 기대감과 자신감이 담겨 있었다.

✝   ✝   ✝

— 굳이 이런 쓰레기를 꼭 만들어야 하나?

로난이 정진을 향해 불만을 쏟아냈다.

정진은 타이탄의 변종이라 할 수 있는 서번트를 제작하는 데 여념이 없는 상태였다.

워리어급 타이탄을 생산하고 있을 때도, 정진은 우선 타이탄을 어느 정도 보급한 뒤에 뛰어난 타이탄에 대한 연구를 시작하겠다고 했다.

그 뒤에는 드워프와 엘프들을 구하기 위해 동분서주하느라 타이탄에 대해 생각할 시간이 없었다.

겨우 생산 라인에 보낼 엑시온도 다 만들고 연구를 시작했는데, 그동안 연구를 하던 나이트급 타이탄도 아니고 솔저급에도 미치지 못하는 서번트를 만들겠다는 것이다.

오로지 강력한 타이탄을 만드는 것이 목적인 로난은 정진을 이해할 수 없었다.

목걸이에서 들려오는 로난의 목소리에 정진이 한숨을 내

쉬었다.

"예정된 대로 연구를 하지 못하게 된 건 미안하지만, 정말 어쩔 수가 없어. 너도 알잖아, 내 상황이 지금 타이탄을 연구하고 있을 때가 아니라는 걸."

그렇게 말하는 정진의 표정도 그리 좋지는 않았다.

로난의 마음을 이해할 수 없는 건 아니었다.

그동안 계속 바빠서 타이탄의 연구를 제대로 하지 못했는데 이번에야말로 한숨 돌리고 연구를 좀 시작해 보려 하니 또 일이 터졌으니, 타이탄, 타이탄 노래를 부르던 로난의 입장에서는 자신이 약속을 어겼다고 생각할 만도 하다.

로난 또한 정진이 그렇게 말하자, 할 말이 없어져 침묵했다.

자신도 목걸이 안에서 정진과 블루 뱀브의 송소림, 헌터 협회장인 이기동이 하는 이야기를 들었다.

정진이 속해 있는 나라가 다른 나라들에 의해 큰 위기에 처해서, 국민들이 다 굶어 죽을지도 모르는 상태라는 것이다.

물론 정진이 국가에 소속되어 있는 마도사는 아니지만, 이런 재난과도 같은 사태에 움직인다는데 막을 수도 없는 노릇이었다.

왕족 출신의 마법사인 그도 힘을 가진 존재는 당연히 국가에 대한 의무를 지어야 한다고 생각하고 있었다. 그러니 정진의 선택이 옳다는 것은 안다.

— 펜을 내게 줘라.

한참을 생각하던 로난이 말했다.

작업에 열중해 있던 정진이 고개를 들자, 언제 목걸이에서 나온 것인지 테이블 반대쪽에 로난이 나와 있었다.

웬만한 일로는 목걸이 밖으로 나오지 않는 로난이 스스로 목걸이 밖으로 나온 것에 속으로 놀라워하면서도, 정진은 자연스럽게 들고 있던 펜을 그에게 넘겼다.

그러자 로난은 정진의 앞에 놓인 종이 뭉치를 자신의 앞으로 가져와 그 위에 무언가를 그리기 시작했다.

"어?"

로난이 그리는 것을 쳐다보던 정진은 눈을 동그랗게 떴다.

로난이 종이 위에 그리고 있는 것은 정진도 잘 알고 있는 타이탄의 심장인 엑시온의 설계도였다.

그런데 그가 그리는 엑시온의 설계도에는 그가 만들고 있던 워리어급 타이탄에 들어가는 마법진보다 더 효율적인 것이 그려지고 있었다.

서번트는 최하급 타이탄으로 분류되는 솔저급에도 미치지 못하는 출력을 가지고 있다.

로난이 그리고 있는 엑시온의 마력 증폭 마법진 또한 솔저급의 것보다 증폭률이 높지 않았다.

하지만 증폭한 마력을 신체 각 부위로 전달하는 측면을 계산해 보면 훨씬 효율적이었다.

타이탄은 심장인 엑시온을 비롯한 각종 부속들이 결합이 된 조립형의 물건이다.

그러다 보니 부속과 부속이 연결되는 지점에서 마력 손실이 이뤄질 수밖에 없었다.

때문에 엑시온의 증폭률도 중요하지만 마력 손실을 줄이는 것 또한 아주 중요한 것이다.

하지만 타이탄의 분류법에는 이런 마력 손실을 줄이는 비율은 포함되어 있지 않았다.

같은 등급의 타이탄이라도 성능의 차이가 있는 것은 바로 그런 점 때문이었다. 증폭률이 높다고 해서 무조건 더 강력한 힘을 내는 것도 아니었다.

정진이 워리어급 타이탄을 개발하면서도 엘프들이 만든 미국의 타이탄에 비해 더 뛰어난 것을 만들어낸 것은 바로 이런 부분을 개량했기 때문이었다.

그런데 로난이 지금 그리고 있는 마법진은 그가 설계했던 마법진보다 더 효율적인 마법진이었다.

"이건… 설마 서번트의 설계도야?"

로난이 그리고 있는 것을 바라보던 정진이 물었다. 로난은 딱히 대답하지 않았지만, 설계도에 그려져 있는 바퀴가 달린 타이탄은 분명 서번트의 것이었다.

"이렇게 좋은 마법진이 있는데 왜 그동안 말 안 했던 거야?"

정진이 의아한 듯 묻자, 설계도를 전부 그린 로난이 펜을 내려놓으며 고개를 들었다.

— 타이탄도 아닌 쓰레기에 들어간 마법진을 사용한다는 것은 타이탄의 가치를 떨어뜨리는 일이다. 더욱이 타이탄을 제작하는 마탑도 아니고, 서번트 따위를 생산하는 마탑이 개발한 마법진을 믿을 수는 없으니까.

정진은 어처구니가 없다는 표정을 지었다.

설마 보다 좋은 타이탄을 개발하기 위해서 목걸이에 자신을 봉인하기까지 한 로난이 그런 고루한 생각에 사로잡혀 있을 것이라고는 상상도 못했다.

더욱이 로난은 본인의 입으로 9서클 마법사라고 하지 않았던가?

비록 클래스 마법과 궤를 달리한다고 하지만, 고위 마도사들은 절대 그런 고정관념이나 편견을 갖지 않는다.

"넌 역사상 최강이라 불리던 이종족들이 연합해서 만든 골든 나이트를 능가하는 타이탄을 만들겠다고 말했잖아. 이 마법진을 누가 만들었든, 더 좋은 타이탄을 만들 수 있다면 상관없는 거 아냐?"

정진이 이해할 수 없다는 표정으로 로난에게 물었다.

설계도를 다 그린 로난이 조금 당황한 얼굴로 정진을 바라보았다.

자신의 대답은 왕국 시대의 모든 마법사들이 가지고 있던 보편적인 생각이었다.

당시에는 타이탄과 새로운 마법에 대한 개발로 모든 마탑들이 아주 치열하게 경쟁하고 있었다.

다른 마탑의 마법을 사용하는 건 금기시되는 일이었다. 모든 마법사들은 그것이 자신이 속한 마탑을 부정하는 일이라고 생각했다. 이론과 여러 현상에 대한 해석 차이로 마탑끼리 전투가 벌어지는 일도 아주 빈번했다.

— 그건…….

말끝을 흐리던 로난은 결국 말을 잇지 못하고 입을 다물었다.

부정하고 싶었지만, 생각할수록 정진의 말이 맞다는 것을 인정하지 않을 수 없었다.

타이탄 제작자로서 타이탄 제작에 필요한 그 어떤 마법도 배척하지 않고 받아들여 타이탄을 발전시켜야 함이 옳다.

— 나도 왜 그렇게 생각하고 있었는지는 잘… 모르겠다. 그저 계속 그렇게 생각하고 있었다. 너의 말이 맞는 것 같다.

그렇게 중얼거리듯 말한 로난은 제자리에 못 박힌 듯 서서 한참을 움직이지 않았다.

정진은 그런 로난을 물끄러미 바라보았다.

로난은 영혼이지만 드래곤 하트 조각에 자신을 봉인하여 영원에 가까운 수명과 물리력을 행사할 권능이 있었다.

장시간 목걸이를 벗어나 있으면 드래곤 하트의 마력 소모가 심해져 버틸 수 없는데, 벌써 상당 시간 실체화하여 나타나 있던 로난이 점차 완전해지고 있었다.

"축하한다."

흐려지다가 다시 선명해지는 그를 가만히 바라보던 정진이 씩 웃으며 말했다.

로난은 그 말도 듣지 못한 듯 움직이지 않았지만, 정진은 신경 쓰지 않는 듯 움직여 자리를 피해주었다.

늦었지만 9서클의 경지에 걸맞은 깨달음을 얻게 된 그가 생각할 시간이 필요하다는 것을 알고 있었던 것이다.

Chapter 6
사촌이 땅을 사면 배가 아픈 자들

　정진과 이야기를 끝낸 헌터 협회장 이기동은 곧바로 헌터 관리청으로 달려갔다.

　마음 같아서는 바로 청와대로 달려가 지금도 시름에 잠긴 채 회의를 하고 있을 대통령에게 방금 들은 이야기를 전달하고 싶었지만, 그럴 수가 없었다.

　모든 일에는 절차라는 것이 있다. 만약 정진이나 자신이 장관 정도만 되었어도 바로 청와대로 들어갔겠지만, 권력이나 영향력 면에서 장관보다 더 파워가 있다고 하더라도 정부 직속이 아닌 이상 곧바로 대통령과 연결되기란 불가능했다.

일단 청와대의 회신이 있어야 대통령과 면담할 수 있었다.

그는 일단 헌터 협회장으로서 가지고 있는 정부와의 루트 중 가장 지위가 높은 헌터 관리청장인 박용욱에게 연락을 취했다.

그리고 잠시 후.

이기동의 이야기를 들으며 경악하고, 불안해하고, 기대하던 박용욱이 조심스럽게 물었다.

"그게 가능하겠습니까?"

그 역시 정진이 범인으로서는 상상도 하지 못할 기상천외한 능력을 가지고 있다는 것은 알고 있었다.

하지만 몬스터 웨이브 이후 최대의 재난이나 다름없는 식량 위기를 맞이한 지금, 정진이 세운 이 계획이 만약 실패한다면 정진은 물론 이기동과 자신을 포함한 모두가 나락으로 떨어질 것이다.

게이트 너머에 세워진 뉴 서울과 뉴 대전 쉘터는 국가 역량을 총동원하여 수년간 노력한 끝에 겨우 세운 쉘터다.

아케인 클랜에서 안전한 쉘터를 건설하여 판매했다는 것은 자신도 알고 있었다. 북한 지역에 도시 규모의 쉘터를 만들었을 때 역시, 자신은 그것을 지켜보며 곁에서 정진을 돕던 사람 중 하나였다.

하지만 헌터 관리청장으로서 그가 알기로, 북한 지역에 쉘터를 세우는 것과 뉴 어스에 쉘터를 세우는 것은 분명 다르다.

뉴 어스는 몬스터들의 땅. 이전에 지은 다른 쉘터들과는 다른 대규모의 쉘터를 만들어야 한다는 것을 생각하면 몬스터의 위협을 생각하지 않을 수 없었다.

과연 정진은 몬스터들을 막으면서 동시에 북한 지역에 건설한 것 이상의 대규모 쉘터를 만들 수 있을 것인가?

"청장님이 걱정하시는 바도 이해가 갑니다. 하지만 정정진 클랜장은 그에 대한 대비책도 있다고 했습니다."

이기동은 기다렸다는 듯 정진이 말한 내용에 대해 설명하기 시작했다. 설명이 이어질수록 박용욱은 놀라 입을 쩍 벌렸다.

"서번트라……. 농업용 타이탄이라니, 상상도 못한 이야기군요."

이기동은 그의 마음을 이해한다는 듯 고개를 끄덕였다.

"저도 엄청 놀랐습니다."

"타이탄보다 저렴하고 빠르게 만들 수 있고, 농업에도 활용할 수 있는데… 아머드 기어보다 강하다니."

박용욱은 허탈한 웃음마저 지었다. 정진이 가진 뉴 어스의 지식은 정말 알수록 놀라웠다. 놀라는 것도 놀라는 거지만, 기대감으로 가슴이 부풀었다.

만약 정말로 서번트라는 것을 만들어낼 수 있다면 의심할 여지도 없이 대한민국은 몬스터 헌팅 산업의 1인자로 우뚝 설 수 있을 것이다.

"서번트 말고 또 다른 말은 없었습니까?"

날카로운 질문이었다. 이기동은 보이지 않게 입술을 깨물었다.

"또 다른 이야기도 있기는 했는데, 이걸 어떻게 판단해야 할지 모르겠습니다."

갑자기 이기동이 말끝을 흐리자, 박용욱의 표정도 심각해졌다.

이기동은 마지못해 입을 열었다.

"지금까지 아케인 클랜 소속 헌터들의 등급을 모두 1~2급 낮게 신고하고 있었다고 합니다."

"……."

박용욱의 집무실에 잠시 정적이 감돌았다.

이기동의 말이 무슨 뜻인지 이해하기 위해 멀뚱히 그를 쳐다보던 박용욱이 뒤늦게 경악하며 입을 떡 벌렸다.

"그, 그게 무슨 소립니까? 아케인 클랜에서 헌터의 등급을 숨기고 있었다는 겁니까? 일부러 낮게 신고했다구요?"

이기동은 조금 불안한 안색을 하고 있었다.

"저도 정확한 것은 알지 못합니다. 그저 조금 전 정정진 클랜장을 만나서 들은 이야기입니다."

"허……."

정진에게 직접 들었다는 말에 박용욱은 할 말을 잊었다. 클랜장이 직접 말했다면 믿지 않을 수 없는 이야기다.

"왜… 무슨 이유에서 그랬다고 합니까?"

어느 정도 시간이 지나고 흥분이 가라앉자 아케인 클랜에서 그런 일을 한 이유가 더 궁금해졌다.

"정부를 믿을 수 없어서…라고 했습니다. 다른 헌터 클랜들이 어떻게 생각할지도 걱정이 되어, 괜히 적을 만들기보단 실력을 숨기고 뒷일을 대비하려고 했다고요."

이기동이 가감 없이 정진이 한 이야기를 그대로 들려주었다.

처음 정진의 이야기를 들었을 때, 이기동 또한 어떻게 그럴 수가 있나라는 생각에 배신감을 느꼈다.

하지만 차분히 생각을 하니 정진의 생각을 이해할 수 있었다.

그랬기에 헌터 관리청장인 박용욱 앞에서 이렇게 이야기할 수 있는 것이다.

한편 박용욱은 쉽게 판단을 내리지 못하고 고민에 빠져 있었다.

만약 아케인 클랜이 일반적인 헌터 클랜이라고 한다면 정부를 믿을 수 없다고 했다는 말을 들은 직후, 바로 상부에 아케인 클랜에 대한 제재를 건의했을 것이다. 장기적으로는 어떤 명분을 내세워서라도 클랜을 해산시키려 했을 터다.

하지만 아케인 클랜이나 클랜장인 정진의 영향력은 헌터 관리청장인 자신도, 아니, 대한민국의 그 누구도 함부로 할 수 없을 정도로 확고한 위치에 있었다.

정진 한 명만으로도 모든 국가들이 서로 모셔가려고 안달할 것이다.

정진이 스스로 이런 비밀을 밝혔다는 점도 그가 고민하고 있는 이유 중 하나였다.

만약 조사를 통해 발견된 사실이라면 몬스터 헌팅 관련법에 의해 바로 처벌했을 것이다. 하지만 이기동에게 정진이 직접 말함으로써 텀이 길다 뿐이지 어떻게든 스스로 신고한 것이나 다름이 없으니 처벌하기가 애매했다.

결국 고민하던 박용욱은 어떤 결론도 내지 못하고 한숨을 푹 내쉬었다.

"청장님, 지금까지 제가 정정진 클랜장과 오랜 시간 지내 오면서 느낀 게 있습니다."

박용욱의 눈치를 보던 이기동이 말을 꺼냈다.

이기동은 자신이 헌터 협회 과장 시절부터 겪어온 정진에 대한 이야기를 들려주었다.

"제가 아는 정정진 클랜장은 부당한 압력을 받았을 때는 참지 않고 나서지만, 옳다고 생각하는 일에는 자신의 손해 도 감수하며 다수의 이익을 위해 희생할 줄 아는 사람입니 다."

이기동은 4차 몬스터 웨이브 때의 이야기를 들려주었다.

그것은 그 또한 직접 몬스터 웨이브를 막아내는 일에 참 여하며 두 눈으로 목격한 일이기에 자신 있게 말할 수 있었 다.

"정부에서는 몬스터 웨이브가 끝난 뒤, 아케인 클랜이나 정정진 클랜장에게 충분한 보상을 주었다고 말할 겁니다. 아케인 클랜 쪽에서도 아무 언급이 없었을 겁니다. 하지만 저나 몬스터 웨이브를 막기 위해 동원령에 불려간 다른 헌 터들은 모두 그 보상이 충분하지 않다고 생각합니다."

정부는 몬스터 웨이브가 끝나고 세율을 낮추는 등 각종

해택을 주었다.

물론 그 해 납부해야 할 세금에 대한 것만 해당되는 특별법으로 다음 해부터는 정상적으로 세율이 적용이 되었다.

몬스터 웨이브를 막기 위해 동원된 헌터들은 몬스터 웨이브가 끝나고 몬스터에게서 많은 것들을 얻었다.

공동으로 방어전을 펼쳤기에 개인이 습득한 마정석 외에는 헌터 협회에서 일괄적으로 수거를 하여, 헌터 등급과 전과에 맞게 분배하였다.

4차 몬스터 웨이브 당시 수거된 몬스터 부산물이나 마정석이 상당히 많았기에, 몬스터 웨이브에 참여한 헌터들 대부분은 괜찮은 수익을 얻을 수 있었다.

하지만 정진과 아케인 클랜의 헌터들은 활약상에 비해 그리 많은 수익을 얻지 못했다.

만약 정진이나 아케인 클랜의 헌터들이 없었다면 절대로 4차 몬스터 웨이브를 안전하게 방어해 내지 못했을 것이다.

그렇게 대단한 전과를 올렸음에도, 정진과 아케인 클랜이 가져간 수익은 다른 헌터들이 받은 보상과 크게 다르지 않았다.

"뉴 서울 쉘터에서의 전투 당시 정정진 클랜장이 펼친 마법으로 수많은 몬스터들이 고스란히 얼어붙었습니다. 당시

제가 보고 드린 내용을 기억하고 계실 겁니다. 그 한 번의 공격으로 뉴 서울 방어전에 참여한 헌터들 모두에게 돌아가고도 남는 수익이 발생하지 않았습니까?"

이기동이 설명하자, 박용욱도 고개를 끄덕였다. 당시의 장면에 대해 그는 증언을 들었을 뿐이지만, 현장에서 직접 본 게 아님에도 놀라움을 금치 못했다.

"당시 정정진 클랜장이 마법에 의해 얼어붙은 몬스터들에 대한 소유권을 주장했다면 어땠겠습니까? 그가 한마디만 했어도 제재를 가하거나 불만을 표할 수 있는 사람은 없었을 겁니다. 아니면 그 마법을 굳이 펼치지 않았다면 어땠을까요? 이번 몬스터 웨이브에서 많은 수익을 얻을 수 있었던 것은 누구의 공입니까?"

박용욱은 이기동의 주장에 고개를 끄덕이지 않을 수 없었다.

부정할 수 없는 사실이었다. 심지어 정진은 그 마법을 사용하고 난 뒤, 아예 헌터들에게 몬스터들의 사체를 정리하여 부산물을 챙기라고 말하기까지 하지 않았는가.

"거기에 정정진 클랜장은 죽은 몬스터들을 해체하여 부산물을 정리하는 작업이 끝나기도 전에 곧바로 소속 클랜원들을 이끌고 뉴 대전, 엠페러 쉘터까지 가지 않았습니까.

정정진 클랜장이 그렇게 신속하게 아케인 클랜에서 이동하지 않았다면 아마 우리는 몬스터 웨이브 방어에 실패했을 겁니다."

이기동이 단호하게 말했다.

단정 짓는 듯한 어조였지만, 이 역시 사실이었다.

"그렇죠. 정정진 클랜장은 평양 게이트에서 나온 몬스터들을 처리하고… 그 뒤 북한 지역을 수복하고 개발하는 데에서도 활약을 했죠."

계속해서 침묵하던 박용욱이 말했다.

그러자 박용욱을 설득하던 이기동이 굳게 고개를 끄덕였다.

"잘 들었습니다. 일단 청와대에 보고를 하고 답신을 기다리기로 하겠습니다."

박용욱 청장이 진지한 얼굴로 말했다. 이기동도 자신이 할 일은 모두 했다는 판단에 자리에서 일어났다.

"그럼 기다리겠습니다."

인사를 마치고 헌터 관리청을 나온 이기동은 다시 헌터 협회로 향했다.

여기까지가 자신이 할 수 있는 최선이었다.

다음은 정부가 결정할 일이었다. 정진의 제안을 받아들일지, 아니면 정진의 제안을 무시할지는 말이다.

'현명한 선택을 하길 비는 수밖에.'

✝   ✝   ✝

일은 일사천리로 진행이 되었다.

박용욱 청장의 보고를 받은 청와대는 현재 당면한 식량 수급 문제로 정신이 없는 상태였다.

아무리 노력을 해보아도 부족한 20%를 채울 수 없었다.

그러니 뉴 어스에 관해 누구보다 잘 알고 있는 헌터인 아케인 클랜에 희망을 걸어보기로 한 것이다.

박용욱 청장의 보고가 있은 다음 날, 바로 뉴 어스에 도시를 건설하겠다는 제안을 받아들이겠다고 정부로부터 연락이 왔다.

물론 아케인 클랜에서 건설하는 도시는 전적으로 아케인 클랜의 역량으로 만들어진 것, 정진이 이기동에게 이야기할 때부터 강력하게 요청했던 자치권이 보장이 되었다.

원래도 뉴 어스에 쉘터를 건설할 때는 민간 자본을 끌어들이기 위해 동일한 정책을 취하고 있다. 그러니 규모가 커졌다고는 해도, 정진이 도시 운영에 대한 자치권을 주장하는 것은 그리 이상하지 않았다.

실제로 아케인 쉘터를 건설했을 때도 비록 500명을 수용할 수 있는 작은 쉘터였지만 그 때도 쉘터의 운영권은 쉘터를 건설한 주체에게 주어졌다.

정진은 원래 계획과는 다르게, 데메르 평원이 아닌 뉴 서울과 영원의 숲 중간에 있는 평야에 도시를 건설하기로 했다.

정부의 요구에 의한 계획 변경이었다.

대한민국의 최전방 개척지인 흰머리산 쉘터를 보다 활성화하기 위한 방안의 하나였다. 뉴 서울과 흰머리산 쉘터의 중간 지점에 도시가 건설된다면 흰머리산 쉘터를 중심으로 한 뉴 어스 개척이 더 손쉽게 이루어지리라는 계산이었다.

정진도 처음부터 너무 먼 데메르 평원에 도시를 건설하는 것보단 보급 물자를 받기 편한 가까운 곳에 건설하는 것이 편하다는 생각에 정부의 제안을 받아들였다.

'주사위는 던져졌다. 남은 건 이 일을 성공시키는 것.'

책상 앞에 앉아 정부로부터 전해진 제안서를 검토하던 정진이 골똘히 생각에 잠겼다.

이 일은 아케인 클랜과 자신에 대한 정부의 시험대와 같았다.

이를 성공으로 이끌어 식량 위기를 타파하고 국가 발전에 기여하게 되면 합격이다.

뉴 어스의 도시는 정부의 의뢰로 아케인 클랜이 건설하는 것으로 발표되었다.

정부의 허가가 떨어지자 정진은 발 빠르게 움직였다.

10만 명 이상을 수용할 수 있는 거대 도시형 쉘터를 건설하려면 시간이 아무리 있어도 모자랐다.

더욱이 그곳이 안전이 확보된 곳도 아니고 몬스터가 활보하는 뉴 어스라면, 일개 헌터 클랜으로서 감당하기에는 불가능한 작업이다.

하지만 정진은 그것이 불가능하다고는 조금도 생각하지 않았다.

바쁜 와중에도 정진은 정부가 이 제안을 받아들여 준 것에 대한 보답이자, 앞으로도 잘 부탁한다는 인사 차원에서 좋은 소식을 전달했다.

바로 정부의 가장 큰 고민거리였던 식량 문제를 시급한 부분이나마 어느 정도 해결해 준 것이다.

현재 자신과 손을 잡고 움직이고 있는 정보 조직인 블루 뱀브를 통해 중국의 대부호들과 정부를 연결해 준 것이었다.

한국으로의 수출이 금지된 이후 곡물 가격이 떨어지는 것을 걱정하고 있던 중국의 부농들은 쌍수를 들고 이를 환영했다.

덕분에 비록 충분한 양을 확보한 것은 아니지만 그나마 5%나 되는 식량을 확보할 수 있었다.

아이러니하게도 가장 기뻐한 것은 한국에 식량 수출을 금지했던 장본인인 주진평 주석이었다.

곡물 수출을 못해 불만이 쌓여가던 곡물상들이 반정부 시위를 하려는 조짐이 있었는데, 손도 쓰지 않고 해결할 수 있었던 것이다.

다리를 놓아준 블루 뱀브는 뜻밖의 이득을 보기도 했다.

눈 가리고 아웅 하는 것이나 다를 바 없지만, 블루 뱀브가 대한민국 정부를 대신해서 곡물 수입 계약을 체결했던 것이다.

중국 정부는 홍콩을 근거지로 하는 블루 뱀브가 불만에 쌓인 부농들의 잉여 작물을 수입한다고 하자, 절차까지 간소화하며 계약을 빠르게 해주었다.

가격 또한 통상 가격보다 훨씬 저렴하게 계약을 했는데, 블루 뱀브는 중간에서 그 차액만큼의 이익을 볼 수 있었다.

거기다 이번에 손을 잡게 된 정진에게 신뢰도 쌓고, 한국 정부에는 제대로 된 곡물 가격으로 판매를 하여 이득을 보았고, 중국 정부에게는 곤란한 문제를 해결해 주면서 빚을 지웠으니 어디를 보나 좋은 일이었다.

실제로 중국 정부는 블루 뱀브가 사들인 곡물이 한국으로 흘러 들어갔을 것이라고 짐작하면서도 이에 대해선 어떤 언급도 하지 않았다.

그만큼 중국 내 곡물상들의 불만이 컸던 것이다.

어쨌든 체면을 차릴 수 있게 된 중국 정부는 은근히 도는 소문을 빠르게 덮은 뒤 헛기침만 하고 있었다.

그만큼 중국인들에게 체면이란 중요한 것이기 때문이다.

이렇게 부족하긴 하지만 85% 정도의 식량을 확보한 대한민국 정부는 어느 정도 안심할 수 있었다.

헌터들에게 상금을 걸기도 했다.

한시적이지만 식용 가능한 몬스터를 가져오면 기존 가격의 두 배로 쳐주겠다는 것이었다.

헌터들로서도 좋은 소식이었다. 많은 헌터들이 식용 가능한 몬스터들을 사냥하기 위해 나섰다.

비록 많은 돈이 되는 몬스터들은 아니었지만 식용 가능한 몬스터 가운데에서는 비교적 사냥하기 쉬운 몬스터들도 있었다.

하지만 다른 가치와는 상관없이 식용만 가능하다면 무조건 두 배로 쳐준다고 하니, 당연히 헌터들이 몰릴 수밖에 없었다.

미국에서 작정을 하고 곡물 수입을 방해하다면 제재가 풀리지 않는 이상 해결책이 없었다. 그만큼 미국이 장악하고 있는 국제 곡물 시장의 규모는 어마어마했다.

사실 일부나마 한국 정부가 식량을 확보할 수 있었던 것도 기적에 가까운 일이었다.

가길과 콘스넨탈을 비롯한 5대 곡물 메이저 기업들은 모두 한국인들이 주식으로 하는 쌀에 대한 영향력이 적었기에 가능한 일이었다.

다행히 그들은 모두 밀과 옥수수 위주의 재배를 하고 있었기에, 한국은 베트남과 말레이시아 등 동남아시아로부터 쌀을 확보하여 부족한 식량을 충당할 수 있었다.

정진은 데메르 평원을 관찰하면서 목격한 거대 들소와 멧돼지들의 존재를 아케인 클랜 소속 헌터들에게 알려주었다.

아케인 클랜원들은 즉시 데메르 평원으로 가 체계적으로 이를 사냥하여 지구로 전달하기 시작했다.

게이트와의 거리가 멀기 때문에 일반 헌터들은 이동하기 어려웠지만, 공간 확장 마법이 걸린 아티팩트를 가지고 있는 아케인 클랜원들은 어렵지 않게 뉴 서울과 데메르 평원을 오가며 사냥한 짐승들을 전달할 수 있었다.

'드래곤 산맥을 다시 방문해야겠는걸.'

정진은 뉴 어스로 떠날 채비를 하기 위해 일어섰다.

✝   ✝   ✝

"그러니까 자네 말은 인간들이 살기 위한 도시를 건설하고 싶은데, 몬스터의 방해를 받기 전에 빠르게 완성을 하기 위해 우리의 도움이 필요하다는 말이지?"

드래곤 산맥. 정진이 만들어준 새 터전에서 지내고 있던 드워프들은 정진을 반갑게 맞아주었다.

정진은 임시 족장이자 경비대장인 파이어 해머를 찾아가 이야기를 하고 있었다.

"그렇습니다. 이번에 건설할 도시의 규모가 드워프들의 터전과 비슷한 정도거든요. 약 10만 명을 수용할 수 있는 도시형 쉘터입니다."

정진은 이번에 시험적으로 건설하는 도시를 어떻게 설계했는지 자세히 설명하고, 뒤이어 앞으로 자신의 계획을 들려주었다.

"이번에 그치는 것이 아니라 데메르 평원에도 건설할 계획입니다."

정진은 이후 건설할 도시들에 대한 계획도 정리해서 설명했다.

파이어 해머를 비롯한 드워프족 장로들은 눈을 반짝였다.

무언가를 만드는 것은 드워프의 천성이다.

지금까지 그들은 생존을 위해 무기를 만들고 또 성벽을 쌓았다.

하지만 그것만으로는 동족의 안전을 책임질 수 없었고, 생존만을 위한 행위에서 만족을 느끼지도 못했다.

그런데 정진을 통해 종족 전체가 안전해졌다. 뿐만 아니라 그가 만들어준 마법 고로를 통해 종족의 정체성마저 찾았다.

그런데 그런 은인이 자신들을 찾아와 도움을 청한다면 나서지 않을 수 없었다. 심지어 그 부탁이란 것이 드워프로서는 절대 거절할 수 없는 제작 의뢰라고 한다면 말이다.

"그래, 그런 부탁이라면 당연히 들어줘야지!"

장로 중 한 명인 슈와르츠가 파이어 해머가 대답을 하기도 전에 외쳤다.

"암, 그렇고말고."

"지금의 인간들이 어느 정도의 기술을 가졌는지는 모르겠지만, 건설 하면 또 드워프 아니겠나? 마음 탁 놓고 맡기라고."

정진과 파이어 해머의 대화를 듣고 있던 장로들이 신이 나서 덧붙였다.

정진은 속으로 안도의 한숨을 쉬었다.

'생각보다 반응들이 좋은걸. 다행이야.'

사실 정진은 드워프들이 이 제안을 받아들여 줄지 조금 걱정하고 있었다.

그가 드워프들에게 터전을 마련해 준 것은 엄연히 거래에 의한 것이었다. 안전한 보금자리를 만들어준 대가로 슈인켈을 포함한 드워프 몇 명이 앞으로 자신을 도와주기로 하지 않았는가.

워낙 빠르게 도시 건설을 진행하려다 보니 거래 대가로 드워프들에게 무엇을 주어야 할지도 생각해 보지 못한 채 급히 드래곤 산맥으로 달려왔던 것이다.

그런데 뜻밖에 흔쾌히 도시 건설 같은 대형 의뢰를 받아 주니 마음이 놓였다.

"그렇지 않아도 먼저 나간 이들 말고도 인간의 세상으로 나가보고 싶다는 드워프들이 많았지. 그들의 안전이 걱정이 되어 자네와 상의를 하고 싶었는데, 마침 잘되었군."

임시 족장인 파이어 해머는 한술 더 떴다.

사실 파이어 해머는 마을의 청년 드워프들이 요즘 계속해서 자신을 찾아와 지구로 나가 인간의 기술을 구경하고 싶다고 부탁을 하는 통에 골머리를 썩고 있었다. 수시로 찾아오는 바람에 대장간에서 일을 할 수가 없을 정도였다.

파이어 해머는 또다시 찾아오겠다며 떠난 정진이 하루라도 빨리 드래곤 산맥을 다시 찾아왔으면 하고 바라고 있었다.

'헤파이토스 님께서 도우셨군.'

파이어 해머는 은근히 회심의 미소를 지었다.

"그런데 그 아이들을 안전하게 데려갈 방법이 있겠나?"

파이어 해머가 뒤늦게 외부에 나갈 젊은 드워프들의 안전을 걱정하며 정진에게 물었다.

비록 정진이 엄청난 능력을 지진 마법사이고, 가디언까지 가지고 있다고 하지만 도시 건설 의뢰에 참여할 100여 명에 이르는 드워프들을 안전하게 드래곤 산맥 밖으로 데리고 가는 것은 또 다른 문제다.

이들의 안전에 관해 확답을 듣기 전에는 아무리 정진이 자신들의 은인이고, 젊은 드워프들이 그것을 원한다고 해도 허락할 수 없었다.

하지만 이런 파이어 해머의 걱정은 쓸데없는 것이었다.

정진은 이미 이런 말이 나올 것을 예상하고 있었다. 그는 드워프들을 안전하게 드래곤 산맥 밖으로 데려가기 위한 방법을 이미 생각해 두었다.

"워프 게이트를 만들겠습니다."

"워프 게이트라고?"

파이어 해머가 놀라 눈을 크게 떴다.

정진은 이미 드래곤 산맥을 찾아오는 길에 대한민국 정부에서 보유하고 있던 상급 마정석을 모두 가져왔다.

원칙대로라면 절대 허가하지 않았을 일이지만, 뉴 어스에 새로운 대규모 쉘터를 건설하려면 꼭 필요하다는 것이나 드워프의 도움을 받으면 보다 빠르게 건설할 수 있다고 설득하자 정부에서도 정진의 요청을 받아들일 수밖에 없었다.

식용 가능한 몬스터를 잡아들이고 하더라도, 그것만으로 언제까지 모든 국민들이 굶지 않고 버틸 수 있을지는 모르는 일이었다.

정부에선 이번 사태를 계기로 식량 자급률을 높이기 위해 정책을 수립하고 있었다.

또한 동맹국인 미국이 아무리 자국의 이익 앞에서는 의미가 없는 동맹이라고 하나, 단지 욕심에 의해 이런 치졸하고 비인도적인 일을 벌였다는 것에 치를 떨었다.

대한민국이 세계 속에서 홀로 우뚝 서기 위해서는 당장 외부에 기대지 않고 수급할 수 있는 식량을 확보해야 했다.

정진은 뉴 어스에 도시를 건설함으로써 얻을 이득을 위주로 정부에 의견을 피력했다.

정부는 결국 보유하고 있던 상급의 마정석을 전부 정진에게 내주었다.

예전 같으면 그 정도로도 부족했겠지만, 지금은 아니었다.

아케인 클랜에서 생산하는 아티팩트나 포션, 타이탄 등으로 인해 국가 수익이 불어나, 외국에서 기술을 빌리거나 수입을 해올 때마다 상급 마정석을 반강제로 지불할 필요가 없었다.

대한민국 헌터들의 실력이 전체적으로 올라가고, 상급 마정석을 가지고 있는 몬스터들도 사냥할 수 있는 고위 헌터들의 수가 늘어난 것도 한몫했다.

파이어 해머는 조금 걱정스러운 눈으로 정진을 바라보았다.

워프 게이트만 설치된다면 위험한 드래곤 산맥을 통과할

필요도 없이 순식간에 이동할 수야 있겠지만, 보름씩 이동해야 하는 거리를 이동할 워프 게이트라면 상상하기도 힘든 마나가 필요할 것이다.

"비록 목적지가 멀어 많은 마나가 필요하긴 하겠지만 충분히 가능합니다. 마정석들을 많이 가져왔으니까요."

정진이 걱정할 것 없다는 듯 설명했다.

"이곳에 워프 게이트를 설치하고 저희 아케인 클랜의 모처와 연결을 해두면 수시로 교류가 가능하니 지금처럼 만나기 위해 며칠을 허비할 필요 없을 겁니다."

정진은 앞으로 건설될 곳에도 워프 게이트를 건설할 것이고, 그곳은 정부의 의뢰로 건설하는 것이라고 설명했다.

아케인 클랜은 뉴 어스에도 도시 건설이 가능하다는 것을 증명하는 것이니만큼 완공되면 50%의 지분을 가지게 될 것이다.

굳이 그곳과 드워프 마을을 연결할 필요는 없다. 괜히 연결을 시켰다가 다른 사람과 드워프들이 트러블이라도 생긴다면 안 될 일이다.

드워프는 믿을 수 있지만 인간은 믿을 수 없다. 자신이 직접 눈으로 보고 겪은 아케인 클랜의 헌터들은 믿을 수 있지만, 다른 헌터들이나 사람들은 완전히 믿을 수 없었다.

정진과 드워프 장로들의 논의는 빠르게 합의점을 찾아갔다.

회의가 끝나기 무섭게 정진은 드워프 마을 한쪽에 아케인 아카데미와 연결되는 워프 게이트를 만들었다.

드워프들은 워프 게이트를 만들 자리를 만들고, 내구성이 좋은 석재에 정진이 그려주는 대로 워프 게이트 마법진을 새겼다.

정진은 그 위에 상급 마정석을 설치하고 좌표를 설정한 뒤, 마나를 불어 넣어 마법진을 활성화시켰다.

푸른색 게이트가 허공에 떠오르자, 주변에서 그것을 지켜보던 드워프들이 웅성거렸다.

"이걸로 안전하게 아케인 아카데미까지 오갈 수 있습니다. 작동은 시켜놨으니 비활성화하기 전까지는 마정석의 마나가 모두 소모될 때까지 계속 쓸 수 있습니다."

파이어 해머가 신기한 듯 워프 게이트 근처까지 다가가 살펴보았다. 정진이 그 모습에 당부했다.

"게이트 주변을 지키고 관리하는 일도 필요할 겁니다. 저희 쪽에서도 인원을 차출하여 아케인 아카데미 쪽을 관리하겠습니다. 드워프 마을 쪽에서도 따로 관리해 줄 드워프를 뽑아주시구요."

"오오, 알겠네."

파이어 해머는 듣는 둥 마는 둥 하며 어린애처럼 상기된 얼굴로 정신없이 워프 게이트를 구경했다. 정진은 그 모습을 보며 쓴웃음을 지었다.

† † †

"제기랄!"

와장창!

벽에 부딪힌 찻잔이 요란한 소리를 내며 박살 나 흩어졌다.

도자기로 된 찻잔은 일반적이지 않은 기묘한 형태와 무늬를 띠고 있었다. 일본 도자기의 메카라 불리는 하기야키에서 생산된 고급 찻잔이었다. 일본에서는 국보처럼 취급하는 물건이나, 이미 완전히 부서져 그 가치를 잃고 말았다.

이 찻잔을 집어 던진 이는 다름 아닌 일본의 총리, 아오모리 슈스케였다.

"G2라 불리는 미국과 중국, 그리고 우리 대 일본에서 손을 잡고 한 일이거늘, 어떻게 그 위기를 벗어났단 말이냐! 겨우 이등 국가인 조선 따위가!"

아오모리는 찻잔을 집어 던지고도 분이 풀리지 않는 듯, 주변에 눈에 띄는 물건은 모조리 부수며 화풀이를 했다.

눈 뜨고 볼 수 없는 흉한 광경이었지만 어느 하나 그를 말리는 사람이 없었다.

아오모리 총리는 역대 그 어느 총리보다 그 지지 기반이 단단한 사람이었다.

집권 여당의 총수이기도 한 아오모리는 우익을 대표하는 정치인으로 아시아 주변국과 첨예한 대립을 하는 일이 잦았다. 이미 우익 세력이 집권한 일본 정부에서는 아무리 주변국에서 항의를 하여도 들은 척도 하지 않았다.

한편 날로 성장하는 한국의 위상에 질투를 느낀 아오모리는 최근 수년간 한국에 대한 사회적인 분노와 증오심을 키웠다. 이런 정책은 일본 국민들의 우경화를 더욱 촉진시키고 있었다.

한국의 경제를 흔들기 위해 막대한 자본을 투입하고 미국, 중국의 역량까지 동원해 경제는 물론이고 식량 수급도 불안정하게 만드는 데 성공을 하였다.

사실 세계 5대 곡물 메이저 기업인 가길과 콘스넨탈이 한국으로 들어가는 곡물 수출을 막은 배경에는 미국 의회의 요구도 있었지만, 그렇게 할 수 있었던 데는 곡물 수출을 하지 못해 손해를 보는 부분을 경제 대국인 일본이 떠안은 것이 컸다.

만약 일본이 이 부분을 책임지지 않았다면 아무리 의회의 요청이라도 가길과 콘스넨탈은 그런 조치를 취하지 않았을 것이다.

일본이 한국이 지불해야 하는 대금을 대신 지불하고 곡물을 가져간다면 의회의 요청을 굳이 거부할 이유도 없었기에 가길과 콘스넨탈은 냉큼 한국으로의 수출을 그만두었다.

한국 정도는 두 회사가 곡물 판매를 하는 데 그리 영향이 크지 않다는 생각도 깔려 있었다.

그들이 자각하지 못하는 내면에는 식량 의존도가 높은 한국 같은 곳은 자신들의 자비로 생존해 있다는 파렴치한 자만심이 깔려 있었다.

한국이 아무리 작은 나라라고 하나, 한 국가가 전복될 만큼의 식량을 대신 수입하기 위해서 일본은 천문학적인 손해를 보아야 했다.

한국에 있는 우량 기업들을 몇 개 차지했다고는 하지만, 그건 일본이 이번 일에 소모한 자금을 생각하면 조족지혈이었다.

그런데 그렇게 애를 써서 흔들리게 만든 한국이 얼마 안

있어 급속도로 안정화되기 시작했다.

심지어 아오모리는 오늘 한국이 뉴 어스에 대규모 도시를 건설했다는 소식까지 들었다.

아직까지 세계 그 어떤 나라에서도 게이트 주변의 쉘터가 아닌, 뉴 어스 내의 도시를 건설할 생각은 꿈에도 못 꾸고 있다.

이전 뉴 어스에 쉘터들을 건설하고 있다는 소식이 들려왔을 때도, 그는 겨우 500명이나 수용할 수 있는 소규모 쉘터라며 그것을 폄하했다.

흰머리산에 새로운 쉘터가 생길 때도 이미 있던 유적을 개발하는 것이니 다 쓰러져 가는 집에 들어가는 거나 다름 없다고 생각했다. 기존의 쉘터와 너무 떨어져 있고 위험 지역을 가로질러야 하니, 한국이 영역 확장을 하려는 욕심에 가당치도 않은 짓을 한다며 비웃었다.

하지만 이번에는 그런 식으로 깎아내릴 수가 없었다.

실제로 건설을 시작했다는 소식을 들은 지 얼마 되지도 않았는데, 벌써 완공되었다는 것이다.

그에게 전달된 공문에는 이런 내용이 담겨 있었다.

뉴 서울—흰머리산 도시형 쉘터 완공 행사 소식지 및 홍보 자료 송부.

대한민국에서는 뉴 어스 개발 촉진과 세계 몬스터 헌팅 산업 발전의 계기를 마련하고자, 민간 클랜과 공동으로 도시형 쉘터 건설을 추진했습니다.

　완공 축하를 위한 기념식에 귀국을 초청합니다.

　관련 홍보 자료를 붙임과 같이 송부합니다.

　비단 아오모리만 이렇게 분노하고 있는 것은 아니었다.

　일본과 협조하여 한국을 위기에 빠트렸던 미국이나 중국의 주석인 주진평 역시 분통을 터트리고 있었다.

Chapter 7
미중일 비밀 프로젝트

운동장처럼 넓은 공간. 커다란 유리로 된 원통형의 구조
물이 마치 벌집처럼 빼곡하게 놓여 있었다.

유리 원통 안에는 벌거벗은 사람이 하나씩 들어가 있었
다. 얼굴에는 산소마스크, 몸에 여러 개의 관이 연결되어
있다.

들어가 있는 사람들은 남녀노소 할 것 없이 다양한 사람
들이었지만, 모두 동양인들뿐이었다.

주변에는 하얀 가운을 입은 연구원들이 돌아다니고 있었
다. 유리관 안에 들어 있는 사람들과는 다르게, 서양인도
반쯤 섞여 있었다.

태블릿을 든 채 돌아다니며 무언가를 기록하던 갈색 머리의 남자가 통로 사이에서 나왔다. 마침 맞은편 통로에서 동료 연구원으로 보이는 다른 사람이 나오고 있었다.

"NL421, 이상 없음."

"NL422, 이상 없음. 오전 체크는 이걸로 끝이네."

피곤하다는 듯 쭉 기지개를 켠 둘은 기록한 내용을 서버에 전송한 뒤, 휴게실 방향으로 걸음을 옮기기 시작했다.

"설마 여기가 이렇게 다시 사용될 줄은 몰랐어."

"그러게나 말이야."

갈색 머리의 남자는 태블릿을 흔들며 얼굴에 부채질을 했다.

그는 미국 콜롬비아 대학의 생명공학 연구소 소속의 제이슨 맥도웰이었다. 옆에 있는 사람은 동료 연구원인 피터 그레엄.

두 사람은 연구소 동기이자, 이 비밀 실험실이 재가동되면서 특별히 차출된 연구원이었다.

이곳은 원래 CIA가 비밀리에 요원을 양성하기 위해 사용하던 비밀 연구소였다. 그러다 냉전이 끝나면서 의회에 의해 예산 집행이 중지되면서 폐쇄되었는데, 얼마 전 비밀리에 다시 연구가 재개되었다.

헌티드 프론티어

하지만 지금 벌어지고 있는 실험은 미국 의회의 허가를 받은 실험이 아니었다.

당연히 비밀을 지키기 위한 철저한 통제가 이루어지고 있었다. 제이슨과 피터는 원래대로라면 이곳에 오지 못했겠지만, 두 사람의 담당 교수인 렉스 루스의 추천으로 비밀 엄수 계약을 하고 들어오게 되었다.

렉스 루스는 미국 내에서도 유명한 생명공학자이자 몬스터 생리학 권위자였다. 그는 이 비밀 연구소로부터 온 제안을 누구보다 빠르게 승낙했고, 제이슨과 피터를 데리고 연구소로 들어왔다.

"여기 온 지 얼마 되진 않았지만 진짜 놀랐어. 터무니없는 연구라고 생각했는데 내 예상보다 훨씬 많이 진척되어 있어서."

제이슨이 말하자, 피터도 정말 그렇다는 듯 고개를 끄덕였다.

보통 연구란 것은 동물실험과 여러 번의 임상시험을 거친 뒤에 최종적으로 인체실험에 들어간다.

하지만 이곳에서는 바로 인체실험에 들어갔는데도 실험 결과가 정말 그럴듯했다.

원래 이곳 연구소는 CIA와 군에서 일할 인간을 능가하는 초인을 만들어내는 연구를 하고 있었다.

자본주의와 공산주의 이념이 대립하던 냉전 시대에, 두 진영을 대표하는 미국과 소련은 서로의 이념이 우월하다는 것을 증명하기 위해 무한 경쟁을 하였다.

충돌은 필연적이었다. 두 나라는 보다 우수한 무기, 군인을 양성하기 위해 비인도적인 실험도 마다하지 않았다.

하지만 그 실험들은 모두 실패로 돌아갔다.

인간의 존엄을 무시하고 실시했던 각종 실험들은 무수한 부작용을 야기했고, 결과적으로 폐기되었다.

이곳 연구소도 그런 실험을 하던 연구소 중 한 곳이었다.

공산주의 체제가 무너지면서 소련에 속해 있던 많은 나라들이 독립을 하였고, 낙후된 경제력으로 그들은 이런 연구를 더 이상 하지 못했다.

하지만 미국은 그렇지 않았다.

비밀리에 몇몇 조직은 불법적인 실험을 계속하고 있었다.

하지만 의회의 승인도 받지 않고 실험을 계속하던 연구소들은 결과를 내지 못하면서 예산의 압박을 받게 되었고, CIA가 운영하던 이곳 또한 여러 가지 사정에 의해 잠정 폐쇄되었다.

그런데 새롭게 재가동이 된 지 얼마 되지도 않은 지금,

이전과는 달리 상당히 유의미한 결과를 내고 있었다. 처음 연구소에 왔을 때, 제이슨은 이런 연구소의 상황이 이해가 가지 않았다.

제이슨은 걸어가는 도중 흘끔 고개를 돌려 한쪽을 바라보았다.

한 통로 안쪽에서 체크를 하고 있는 동양인 연구원의 모습이 보였다. 키가 작고 귀여운 외모를 가진 여자였다.

"저 여자가 이번 실험의 총책임자라며?"

그러자 피터 역시 그쪽을 바라보았다.

"원래는 저 여자가 아니었는데 바뀌었대."

"그래? 보기보다 능력이 있는 모양이네. 아직 어려 보이는데."

제이슨이 놀란 눈으로 여자를 다시 돌아보았다. 그 얼굴을 본 피터가 피식 웃었다.

"뭐, 동양인이라 그런 것도 있고, 실제로 젊기도 한 것 같아. 이 연구를 여기까지 진척시킨 게 그녀라고 하던걸. 능력이 있는 거지."

"그래. 성공 사례를 만들었다고는 들었지. 저 나이에 벌써 자기 연구를 하고 있고, 그럴듯한 실적까지 내다니."

제이슨이 혀를 내두르며 말했다.

게이트 사태가 벌어진 뒤 여러 국가들이 더욱 더 이와 비슷한 연구에 매진하고 있었다. 그중에서 가장 많은 연구비를 쏟아붓고 있는 것도, 가장 많은 학자들이 달라붙어 있는 것도 미국이었다.

이 연구의 총책임자로서 일하고 있는 오보카타 루코는 일본인이고, 이 연구소에 온 지도 얼마 되지 않았다.

"일본 국책 연구소 소속이었다고 들었어."

"그렇군. 일본에서 초인 연구가 그 정도로 발달했었나? 금시초문인걸."

제이슨이 여전히 알 수가 없다는 듯 고개를 갸웃거렸다.

"이건 비밀인데……."

그의 옆에서 걷고 있던 피터 그레엄이 주위를 한번 둘러보더니, 갑자기 말소리를 줄이며 속삭였다.

"그녀는 자신의 애인을 실험에 사용했대."

"뭐?!"

제이슨이 깜짝 놀라 피터를 돌아보았다. 피터는 식겁하여 주위를 급히 둘러보았다.

"조용히 해!"

"미, 미안. 너무 놀라서 그만……."

제이슨은 믿기지 않는다는 눈으로 멀리 있는 오보카타 루코를 다시 쳐다보았다.

그때, 시선을 느낀 건지 오보카타 루코가 이쪽을 돌아보았다.

"이크, 들었나?"

"그러게 조용히 하라니깐."

고개를 갸웃거리던 그녀는 태블릿을 든 채 두 사람 쪽으로 다가왔다.

"무슨 문제 있나요?"

"아, 아닙니다."

"잠시 개인적인 대화를 나눴을 뿐입니다."

제이슨과 피터가 어색한 얼굴로 얼버무렸다. 괜히 그녀에 관한 이야기를 했다고 말할 필요는 없었다. 연구 총책임자의 뒷말을 하고 다녔다는 게 알려지면 좋을 게 없었다.

"체크 끝나셨으면 휴게실에 가서 좀 쉬셔도 됩니다."

두 사람을 물끄러미 바라보던 루코가 말했다.

"알겠습니다."

보이지 않게 안도의 한숨을 내쉰 두 사람이 재빠르게 사라졌다.

잠시 두 사람을 쳐다보던 루코는 조용히 체크를 하던 자리로 돌아왔다.

그녀 또한 연구소 내에 어떤 소문이 돌고 있는지 모르는 바는 아니었다. 하지만 어차피 자신이 뭐라고 떠들더라도 사람들은 자신이 듣고자 하는 말만 들을 것이 뻔했다.

'뭐, 틀린 말도 아니고 그렇게……'

자조적인 미소를 짓던 루코는 곧 복잡한 얼굴로 고개를 떨어트렸다.

맞는 소리였다. 애인을 실험에 사용한 것이 아니라, 실험체를 애인으로 삼은 것이지만 말이다.

'하, 이게 아닌데.'

복도를 걷던 루코는 답답함에 미간을 찌푸렸다.

초인 연구의 목적은 인류의 한계를 깨고 몬스터의 위협에서 벗어나는 것이다. 그녀는 학구적인 뜻을 이루기 위해 이 연구소에 들어온 것이다.

하지만 일본 초인 연구소에 들어온 이후, 그녀는 원하지도 않는 연구소 내 정치에 뛰어들어야 했다.

스스로의 연구를 하기 위해선 정치가 필요했다. 루코는 선임 연구원들에게 잘 보이기 위해 그들과 데이트를 했다. 연구소 소장인 이시히 소장과도 마찬가지였다.

그때까지만 해도 루코는 자신이 원하는 연구를 할 수 있게 되었다는 것에 기뻤다.

하지만 어느 순간 루코는 현실을 깨닫고 정신을 차렸다.

초심은 잊은 채 연구소 내 정치에 깊이 뛰어들어 있는 자신의 모습을 발견한 것이다.

그때 A—58, 노인태가 정신을 차리면서 상황이 변화하기 시작했다.

자신이 하던 초인 연구가 성공했다는 것이 증명된 것은 좋았지만, 고분고분하던 그가 독선적으로 변한 것은 곤란했다.

한편 애물단지처럼 취급되던 타이탄과 노인태가 계약했다는 것까지 알려지면서 그의 가치는 단순한 실험체 이상이 되었다.

초인 연구소의 이시히 소장은 노인태를 통제하려 하였다.

하지만 예전과 달리 자아를 찾은 노인태를 강제할 수가 없었다.

맨몸으로도 중(重)형 몬스터를 상대할 수 있는 초인이 된 노인태는 계약한 타이탄을 이용해서 중(重)형 몬스터 중에서도 최강이라는 사이클롭스나 자이언트 오거를 상대할 수도 있었다.

노인태는 맹수 같이 날뛰다가도 그녀가 가까이 접근을 하면 순한 양처럼 변했다.

원래라면 이시히 소장은 연구의 결과물을 독차지하기 위해 그녀를 어떤 명목을 만들어서든 연구소에서 쫓아냈을 것이다. 그녀는 노인태와의 관계 때문에 연구소에서 살아남을 수 있었다.

원래 이곳에서 벌어지는 3국 합작 프로젝트를 총괄해야 할 인물은 일본 초인 연구소 소장인 이시히 지로였다.

시설은 미국의 것이지만, 일본이 성공한 실험체를 보유하고 있기 때문이다.

루코는 자신을 경쟁자로 인식하고 어떻게든 자신을 쫓아내기 위해 음모를 꾸미던 이시히 소장을 역으로 쫓아냈다.

결과적으로 이시히 소장은 본국으로 소환되었고, 일본 정부와 미국은 자신에게 힘을 실어주었다.

루코는 그 과정에서 노인태와의 관계를 밝히게 되었다. 실제로 실험을 받게 된 노인태는 일본의 조사관과 미국 정부 측에 루코에 대해 언급했다.

실험에 참여를 하는 조건으로 연구소에 그녀를 데려올 것을 내세운 것이다.

루코가 이곳 초인 연구소의 총책임자가 된 데에는 이런 사정이 있었던 것이다.

나이도 어리고 그럴듯한 경력도 없는 그녀가 연구 총책임자가 된 것에 연구소 내에서 말이 없을 리가 없었다.

'어차피 태랑이 초인이라는 것은 변하지 않는다.'

그렇게 생각한 루코는 체크를 끝내고 몸을 돌렸다. 자신에게 지금 중요한 것은 저런 뒷소문 따위가 아니다.

† † †

"안녕하십니까? 마크 헤밀이라고 합니다."

감색 양복을 차려입고 머리를 뒤로 넘긴 깔끔한 모습의 40대 중반의 남성이 루코를 향해 인사를 하였다.

사무실로 돌아온 루코는 조금 놀란 눈으로 그를 바라보았다.

"누구시죠?"

"여기 제 명함입니다."

남자는 루코에게 명함을 꺼내 내밀었다.

"록펠러……."

명함을 받은 루코는 그것을 받아 읽다 말고 더욱 의이한 눈으로 고개를 들어 남자를 보았다.

"록펠러 정유에서 나왔습니다."

마크 헤밀은 가볍게 미소를 지었다. 그 모습에서 그가 자신이 록펠러라는 프리미엄 회사에 소속되어 있다는 것에 자부심을 느끼고 있음이 여실히 드러났다.

"여긴 어떻게 들어온 거죠?"

하지만 루코는 여전히 의심스러운 눈빛을 지우지 않았다.

아무리 록펠러의 이름이 대단하다고 해도 이곳 연구소는 정부에서 관리를 하는 비밀 연구소다.

그런 곳에 일반인이 함부로 들어올 수 없다는 것은 당연한 상식이었다.

그런데 일개 회사원인 마크 헤밀이 이 자리에 있다는 것은 뭔가 위화감이 들었다.

"후후, 사실 이곳은 저희 록펠러에서 자금을 대고 있습니다."

"록펠러에서요?"

루코는 마크 헤밀의 말에 깜짝 놀랐다.

이곳은 미국의 CIA에서 운영을 하다 폐쇄를 한 곳이었다.

일본, 미국, 중국이 모종의 합의를 하여 재가동을 한 것으로 알고 있는데, 마크 헤밀은 다른 이야기를 하고 있었다.

록펠러가 엄청난 그룹이란 것은 알고 있었지만, 현재 이곳에서 진행되고 있는 프로젝트는 한 회사가 감당할 수 있는 그런 프로젝트가 아니었다.

무려 세 국가가 손을 잡고 진행을 하는 프로젝트인 것이다.

"모르고 계셨던 거죠. 하지만 미스 오보카타가 알아야 할 것이 있습니다. 세계에는 당신이 모르는 존재가 있습니다. 세계를 뒤에서 움직이는 자들이 말이죠."

마크 헤밀은 나직한 목소리로 말했다.

오래전부터 음모론자들이 거론해 왔던, 은막 뒤에서 세계의 미래를 계획하는 검은 손들의 정체에 대한 이야기였다.

"제게 왜 그런 말을 하시는 거죠?"

루코는 굳은 표정을 감추지 못했다.

대학 졸업 이후 줄곧 연구만 하던 그녀지만 들은 이야기가 없지는 않았다.

"저희 그룹에선 미스 오보카타의 연구에 흥미를 가지고 있습니다. 기존의 헌터 양성에서 한발 더 나아가 단숨에 초인을 만들어내는 것 말입니다."

마크의 눈이 반짝였다.

그 또한 헌터였다. 록펠러 정유의 명함을 루코에게 전달했지만, 그의 정확한 소속은 록펠러 가문이 벌이는 사업을 지원하는 업무지원부 소속이다.

사업을 하다 보면 정상적인 방법으로 진행을 할 수 없는 일이 발생한다.

이때 나서는 것이 바로 이 업무지원부다.

불법, 합법 가리지 않고 록펠러의 사업이 원활하게 진행되도록 아무도 모르게 방해 요인을 처리하는 것이 이들이었다.

마크 헤밀은 이런 록펠러의 수많은 업무지원부 소속 요원 중에서도 록펠러 본사 소속의 인물이었다.

단숨에 초인을 만들어낼 수 있는 연구에 관심을 보이는 것은 어쩌면 당연한 것이었다.

강력한 힘을 가진 요원은 언제나 부족하고, 그런 요원을 록펠러로 스카웃하는 것은 요원한 일이었다.

록펠러뿐만 아니라 많은 곳에서 그런 존재들을 필요로 하기 때문이다.

그런데 초인을 찍어낼 수 있는 방법이 있다는 것이 알려진다면?

록펠러뿐만 아니라 다른 곳에서도 관심을 보일 것이다.

일본이 미국에 합작 제의를 했을 때, 미국 정부의 뒤에 있던 록펠러 가문의 귀에 이런 정보가 들어갔다.

처음 미국 정부에선 일본의 이런 제안을 믿지 않았다.

초강대국 미국이 실패를 한 실험을 일본이 성공을 했다는 것을 믿을 수 없었기 때문이다.

세계의 석학들과 천문학적 자금, 그리고 10여 년의 시간을 들였지만 모두 실패를 하였다.

그러니 일본 따위가 성공할 수 없다고 생각을 한 것이다.

하지만 일본은 자신들이 성공했다는 증거를 미국에 제공했다. 미국 정부는 그 증거를 록펠러에 전달했다.

록펠러에서는 일본이 오래전부터 초인 연구를 해왔다는 것을 알고 있었다. 그들은 동물실험이 아닌, 처음부터 인체 실험을 진행하고 있다는 것도 알았다.

비록 단 한 명이지만 성공한 사례가 나왔다는 것을 알게 된 그들은 미국 정부로부터 전달받은 정보가 사실이라는 것 또한 금방 확인했다.

록펠러는 막대한 예산을 편성해 CIA에서 버려둔 이곳 비밀 연구소를 사들여 장비들을 새로 교체하였다.

"미스 오보카타, 저희에게 오십시오. 모든 지원을 아끼지 않겠습니다."

마크가 쾌활한 미소를 띤 채 루코를 바라보았다.

"미국으로 귀화를 하라는 말씀인가요?"

"아닙니다. 제 말을 오해하셨군요. 제 말은 말 그대로, 저희 록펠러로 오시라는 말입니다."

루코가 눈살을 찌푸리자, 마크는 고개를 저었다.

고민하기 시작한 루코를 쳐다보는 마크의 눈빛은 조금 전과는 180도 다른 무시무시한 것이었다.

너무도 시리고 차가운 눈빛이었다.

마치 뱀이 먹이인 개구리를 쳐다보는 듯한 눈빛에는 만약 그녀가 거절을 한다면 그냥 두지 않겠다는 뜻이 담겨 있었다.

하지만 자신만의 생각에 잠겨 있는 루코는 그 눈빛을 보지 못했다.

†   †   †

고풍스러운 인테리어가 돋보이는 실내, 세 명의 사람들이 테이블을 마주하고 앉아 이야기를 하고 있었다.

한 동양인 남성이 놀란 표정으로 백인 사내를 쳐다보았다.

"그게 사실이오?"

질문을 한 사내는 왕우위, 중국 상임위원 중 하나이자 중국군 특수부대인 황룡의 사령관이기도 했다.

총 5천 명으로 이루어진 이 특수부대는 일반적인 특수부대가 아닌 뉴 어스에서 활동을 하는 헌터로만 구성된 특수부대다.

중국은 미국이 뉴 어스를 탐사하며 갖가지 특수한 뉴 어스의 유물들을 발굴하고, 던전에서 찾아낸 것들을 연구하여 엄청난 부를 쌓아가는 것을 보며 자신들이 가진 특별한 유산을 이용한다면 미국 이상으로 발전할 수 있다고 판단했다.

이후 중국에서는 몬스터 산업 전반적인 부분을 모두 민간에 맡기지 않고 당이 통제하고 있었다.

그러기 위해서는 일단 강력한 힘을 가지고 있어야 한다고 판단한 중국 정부는 인민해방군에 헌터로 구성된 특수부대를 편성했다.

그리고 그 의도는 제대로 맞아떨어졌다.

5천여 명에 이르는 엄청난 숫자는 물론, 국가의 전폭적인 지원 속에서 황룡 소속의 헌터들은 엄청난 무력을 갖게 되었다.

그들은 모두 4급에서 5급에 이르는 실력을 가진 헌터들이었다. 4~5급 헌터 5천 명이라면 어지간한 전쟁 무기 이상의 화력이었다.

이는 중국 최대 최고의 실력을 가지고 있는 헌터 문파인 구룡문도 가지지 못한 전력이다.

이런 엄청난 세력을 가지고 있는 왕우위는 차기 국가 주석으로 거의 확실하게 내정된 인물이기도 했다.

왕우위는 현 국가 주석인 주진평이 자신의 동반자이자 후계자라고 공공연하게 떠들고 있는, 명실상부한 중국의 2인자다.

그런 왕우위가 은밀하게 누군가를 만나고 있었다.

"우리의 연구에 의하면, 뉴 어스는 아주 거대한 하나의 대륙으로 연결이 되어 있을 겁니다."

왕우위의 질문을 받은 백인 남성은 단호한 표정으로 질문에 답했다.

"증거가 있겠지요?"

이번에 질문을 한 사람은 왕우위의 왼쪽에 앉은 왜소한 체격의 사내였다. 바로 일본의 방위성대신인 나루야마 겐스케였다.

일본의 중요 인물 중 한 명인 그가 이런 곳에서 적국이나 다름없는 중국의 권력자 중 한 명인 왕우위와 함께 있는 것도 놀라운 일인데, 이들의 대화는 더욱 놀라운 내용이었다.

"물론이오. 이것을 보시오."

나루야마의 질문을 받은 백인 남성은 차분한 말투로 서류 가방에서 무언가를 꺼내 왕우위와 나루야마의 앞에 내놓았다.

몸을 일으킨 두 사람은 그가 내놓은 것이 지도란 것을 금방 알 수 있었다.

그 지도는 현대의 지도가 아니라, 마치 고대의 보물지도처럼 방향을 알 수 있는 중요한 산이나 시설만 그려진 것이었다.

자세히 보니 그 지도는 미국이 보유한 네 개의 게이트 위치가 표시가 되어 있었고, 일본의 것도 표시가 되어 있었다.

다만 나루야마는 그것이 정확한 것인지는 판단할 수가 없었다.

그는 몬스터가 활보하는 뉴 어스에는 한 번도 가본 적이 없었다. 그의 부하들 가운데에는 헌터들도 있지만, 헌터들도 자신이 활동하는 지역 외에는 알지 못하기에 지도만을 가지고 이것이 진실인지 판단할 순 없었다.

그럼에도 나루야마는 눈을 반짝이며 자국이 보유한 게이트와 미국의 게이트 위치를 머릿속에 담았다.

비록 자신이 담당하는 분야는 아니지만 뉴 어스에 대한 정보는 무엇이든 알아두면 이익이 되기 때문이다.

"아직 다른 나라의 게이트 위치는 파악하진 못했지만 일본의 게이트가 있는 위치는 알아냈습니다. 그리고 조만간 한국이 보유한 게이트의 위치도 알 수 있을 것입니다."

미국 회담 대표로 나온 메이슨 텔론이 입가에 미소를 지으며 말했다.

"한국의 게이트 위치를?"

한국이라는 말에 나루야마는 물론이고 중국 대표인 왕우위 또한 관심을 보였다.

"그렇습니다. 비록 예전만 못하지만 우리 미국의 영향력은 아직도 한국에 남아 있습니다."

메이슨은 그 말을 하면서 뭔가 마음에 들지 않는다는 듯 얼굴을 찌푸렸다.

메이슨 텔론은 전형적인 팍스 아메리카나를 주장하는 인사였다.

냉전 체제일 때도 미국은 세계를 선도하는 국가였고, 그건 전 세계에 게이트가 나타나고 다른 차원인 뉴 어스와 연결되어 몬스터가 나타나기 시작한 이후에도 마찬가지였다.

아니, 게이트 사태 이후 미국의 영향력은 그 어느 때보다 커졌다고 할 수 있다.

유럽연합은 금방 힘을 회복했다. 세계 최대 인구를 자랑하는 중국은 뛰어난 헌터들을 바탕으로 약진했다. 경제 동물이라고까지 불리는 일본은 기술력을 바탕으로 자신들을 따라왔다.

그렇지만 그뿐이었다.

이들의 능력은 오래전부터 축적한 미국의 힘을 따라오려면 아직 한참 멀었다. 이들이 따라올 동안 미국은 더욱 발전을 할 것이다.

하지만 그 최강이라는 이름이 깨졌다.

생각지도 못한 나라가 갑자기 튀어나온 것이다.

모르는 사람은 중국의 일부라고 생각할 정도로, 아시아 대륙 동쪽 끝에 작게 매달려 있는 나라다.

한때는 미국의 원조를 받으며 근근이 살았던 그 나라는 어느 순간 미국의 영향력에서 벗어나 그들과 어깨를 나란히 하려고 하고 있었다.

미국은 엘프들의 도움으로 극소량만을 만들 수 있었던 포션을 개발해 전 세계와 거래하고 있고, 위험을 무릅쓰고 던전을 발굴해도 운이 좋아야만 얻을 수 있던 아티팩트를 공장처럼 찍어내고 있었다.

그뿐만이 아니었다.

한국은 그들이 정말 어렵게 개발에 성공한 타이탄을 너무도 간단하게 만들었다.

자신들은 오랜 시간 천문학적인 자금을 들이고 엘프들의 도움을 받아 간신히 개발할 수 있었는데, 그동안 존재감도 없던 나라에서 대체 어떻게 더 뛰어난 타이탄을 개발해 낸 것인지 알 수 없었다.

초기에는 비상이 걸렸다. 혹시나 한국에서 자신들의 타이탄 개발 기술을 훔쳐간 것은 아닌가 하는 의심 때문이었다.

하지만 다른 것도 아니고 타이탄을 만드는 기술을 훔친다는 것은 아예 불가능하다는 것을 그들도 잘 알고 있었다.

타이탄은 일반적인 공산품이 아니라 마법이란 뉴 어스만의 특수한 기술이 들어가는 병기다.

때문에 설계도를 입수하더라도 마법을 쓸 수 없다면 타이탄을 똑같이 생산할 수 없다.

미국이 최고의 국가라고 생각하는 메이슨은 이런 점을 조금도 고려하지 않았다. 단지 타이탄은 미국의 것이라는 왜곡된 생각에 사로잡혀 있었다.

미국, 일본, 그리고 중국이 한국을 제재하려는 움직임을 시작했을 때, 가장 적극적으로 움직인 인사가 바로 메이슨

텔론이었다.

그는 미국 국무장관의 자리에 있는 사람이었다.

세계에 떨치는 영향력이나 미국 정계에 미치는 그의 영향력은 절대적이었다.

그와 향보를 같이 하는 동료들은 메이슨의 주장으로 한국을 제재하는 데 적극적으로 임했다.

정치와는 별로 연관이 없을 것 같던 가길과 콘스넨탈이 한국과 체결한 곡물 수출 계약을 파기한 것도 그의 영향이었다.

그것이 어떤 결과를 초래할지에 대해서는 전혀 생각하지 않았다. 대량의 아사자가 나올 수도 있는 일이지만, 메이슨은 그저 미국 외의 나라가 자신들과 경쟁을 하려 하는 것이 마음에 들지 않았을 뿐이다.

어떻게든 치고 올라오려는 한국을 거꾸러뜨려야 성이 찰 것 같았다.

"분수를 모르는 것들에게는 정신을 차릴 수 있게 몽둥이를 주어야 하지."

간간이 대화에 끼어들며 듣기만 하던 왕우위도 메이슨의 말에 맞장구를 치며 한국을 폄하했다.

나루야마 또한 동감하는 표정을 짓고 있었다.

그 또한 일본이 살기 위해선 한국이 없어져야 한다는 생각을 가지고 있는 우익 인사 중 하나였다.

"구체적으로 어떻게 하자는 것입니까?"

이야기가 자꾸만 겉돌자 왕우위가 답답하다는 듯 단도직입적으로 물었다.

그러자 메이슨은 미소를 지으며 이죽거렸다.

"방금 전에 힌트를 드렸는데 잘 못 알아들으셨나 봅니다."

"뭐요?"

자신의 질문에 답은 하지 않고 변죽이나 놓는 메이슨의 대답에 왕우위가 버럭 고함을 질렀다.

"자자, 진정들 하십시오. 메이슨 대표, 방금 전 말씀은 조금 지나쳤습니다."

나루야마는 얼른 그를 달래기 시작했다.

건방진 한국을 손봐주기 위해 3국이 손을 잡았는데, 여기서 괜히 얼굴을 붉혀봐야 서로 좋을 것이 없기 때문이다.

현재 3국은 모처에서 합작으로 프로젝트를 진행하고 있는 상태다. 지금은 3국 사이의 감정은 접어두고 힘을 합쳐야 할 때였다.

나루야마는 조금 짜증을 담아 메이슨을 슬쩍 흘겨보았다.

일본에는 지금도 친미 성향의 정치인들이 많지만, 자국의 이득을 최우선으로 하는 것은 일본이라 하더라도 마찬가지였다.

메이슨은 나루야마의 경고를 듣고서 그때서야 아차 하는 생각에 얼른 사과를 했다.

아무리 그가 대표하고 있는 미국이 세계 최강의 국가라고 하지만, 회담 자리에서 중국과 일본 두 나라를 무시하는 것은 어리석은 짓이었다.

대신 그는 속으로 중국과 일본, 두 나라를 향해 욕을 했다.

'한국만 손봐주고 나면 너희들이다.'

그렇게 생각하면서도 메이슨은 환하게 미소를 지었다.

"제가 생각이 너무 앞서가다 보니 말실수를 한 모양입니다. 조금 전에도 말씀드렸다시피 뉴 어스는 하나의 대륙입니다. 어딘가에 한국의 개척 도시도 있을 겁니다."

나루야마가 고개를 끄덕였지만, 왕우위는 보이지 않게 인상을 찌푸렸다. 결국 사과를 하지 않고 슬쩍 넘어가는 모습이 아니꼬웠다.

"한국 게이트의 위치만 확인하고 나면, 현재 준비된 전사들을 동원해 그들의 개척 도시를 모두 파괴해 버리는 것입니다."

"그렇게 되면 한국이 아무리 우수한 장비들을 가지고 있다고 해도 파괴된 쉘터를 복구하기 전에는 제대로 된 활동을 할 수 없겠군요."

나루야마는 메이슨의 계획을 듣고 얼른 그 말에 맞장구를 쳤다.

메이슨의 계획대로만 된다면 정말로 한국을 끌어내릴 수도 있을 것이다.

현재 벌이고 있는 경제 제재를 조금만 더 연장한다면 한국은 어쩔 수 없이 항복을 하고, 보유하고 있는 포션과 아티팩트 생산 기술, 그리고 타이탄 제작 기술까지 넘길 수밖에 없을 것이다.

그런 생각을 하자 나루야마는 저도 모르게 미소를 지었다.

"좋은 계획입니다. 그들만 보낼 것이 아니라, 아예 그들에게 타이탄을 지급하는 것이 어떻습니까?"

왕우위도 언제 메이슨에게 화를 냈느냐는 듯 그의 말에 환호를 했다.

사실 왕우위가 타이탄을 언급한 데는 또 다른 숨은 뜻이 포함되어 있었다.

물론 그의 말대로 타이탄을 지급하면, 한국에 생긴 개척 도시를 더 철저히 파괴할 수 있을 것이다.

하지만 타이탄을 운용하기 위해서는 타이탄과 타이탄 마스터 간에 계약이 필요하다.

마스터가 계약을 파기하거나, 계약이 파기될 만한 조건이 갖춰지지 않으면 타이탄과 타이탄 마스터는 하나로 묶이게 된다.

즉, 계약을 맺은 타이탄은 타이탄 마스터의 소유가 되어 버린다.

타이탄을 누가 제공을 한 것인지는 중요하지 않았다.

현재 모처에서 3국이 손을 잡고 진행중인 전사 양성 프로그램에서, 미국은 운용 자금과 시설을 제공했고, 일본은 완성된 기술을 제공했고, 중국은 많은 인적 자원을 내놓았다.

각 나라마다 슈퍼 솔저 프로젝트니, 초인 프로젝트니 다양한 명칭으로 불리지만 그 기술을 완성한 나라는 일본뿐이었다.

일본은 무려 2급 헌터를 양성하는 데 성공을 하였다.

다만 성공을 했을 뿐, 재현은 실패하였다.

3급까지는 대체로 안정적으로 성공할 수 있었는데, 거기서 더 나아가 2급으로 진행하는 과정에서 어떤 문제가 있는지 거듭 실패를 하고 있는 것이다.

결국 3국은 3급까지만 만들기로 합의를 봤다.

이미 계속된 실험 실패로 300명이나 되는 실험체를 잃은 뒤였지만 어쩔 수 없었다.

그나마 3급까진 공장에서 자동차를 출고하듯 찍어낼 수 있게 된 것만 해도 어딘가. 3급이면 타이탄과 계약을 하는 데는 하등 문제될 것도 없기 때문에 이 정도만 되어도 만족이었다.

사실 미국은 원래 타이탄을 개발하고 나면, 우선적으로 전략물자로 묶어 해외 수출을 하지 않을 생각이었다.

이미 뉴 어스가 하나의 대륙이란 가설이 어느 정도 맞다는 것이 증명이 되면서 몬스터로부터 인류를 구원한다는 생각은 안드로메다로 날려 버렸다.

뉴 어스란 맛있는 파이를 독식할 수 있는 기회가 왔는데 굳이 그것을 다른 나라와 나눌 필요가 뭐 있겠는가?

하지만 진인사대천명이라고 했던가. 일은 미국의 생각처럼 진행이 되지 않았다.

미국이 개발한 타이탄이 오리지널 워리어급 타이탄보다 범용성이 뛰어나다고 해도, 타이탄은 타이탄이었다.

타이탄과 계약을 맺기 위해선 최소 4급 헌터는 되어야 하는데, 4급 헌터라고 모두 계약을 맺을 수도 없었다.

같은 4급이라도 실력이 천차만별이었기 때문이다. 만들어진 타이탄이라고 해도 들어간 엑시온의 출력에 차이가 있다 보니 어떤 타이탄은 4급 헌터는 거들떠보지도 않았다.

그러다 보니 생산되는 타이탄은 늘어나는데, 생각처럼 타이탄 마스터는 빠르게 늘지 않았다.

그렇다고 언제까지 타이탄을 창고에 재고로 남겨둘 수는 없는 일이었다.

타이탄은 그 가격만큼이나 제작비도 비쌌다.

그 이유는 바로 엑시온에 있었는데, 다른 걸 떠나서 엑시온은 고가의 보석과 귀금속을 필요로 했다.

마력을 증폭하는 데 가장 많이 필요한 것이 잘 정제된 크리스털과 루비다.

그것들을 고정시키는 것은 순도가 높은 금과 은 합금이다.

원래는 금과 미스릴이 들어가지만 아직까지 미스릴은 발견되지 않았기에 그 대체품으로 고순도의 은과 마정석을 합금하여 그것을 사용해야 했다.

사실 이것은 편법이었지만, 엘프들이 미스릴을 대체하기

위해 오래전부터 전해진 합금법을 이용해 마력을 흐르게 하는 합금으로 개발해 낸 것이다.

은이나 마정석은 모두 무른 성질을 가지고 있었다.

아무튼 그렇게 보석과 귀금속 그리고 마정석까지 다량으로 들어가는 것이 바로 타이탄의 심장인 엑시온이다.

타이탄의 몸체 또한 다량의 귀금속과 철, 그리고 몬스터의 뼈와 마정석 같은 부산물이 들어간다.

그러니 타이탄 한 대, 한 대가 고가일 수밖에 없었다.

그런 타이탄이 창고에서 먼지를 뒤집어쓰고 있는 것을 어떻게 두고 볼 수 있겠는가?

레기온 사는 로비를 통해 자신들의 고충을 미국 의회에 알렸고, 미국 의회는 레기온 사의 호소를 받아들여 해외에 일정 수를 판매할 수 있게 허용하였다.

물론 우선 순위는 자국 내부 판매였지만, 가격을 떠나 타이탄과 계약을 맺을 수 있는 헌터가 손에 꼽을 정도이니 의회도 어쩔 도리가 없었다.

그 때문에 혜택을 본 나라가 있는데, 그 나라가 바로 중국이었다.

원래부터 높은 등급의 헌터가 많은 나라가 바로 중국이었다.

헌터의 숫자도 많을뿐더러 질 좋은 헌터도 많기에 타이탄이 나오면 바로바로 타이탄과 계약을 맺을 수 있는 헌터를 준비할 수 있었다.

  다른 나라가 타이탄을 사들여 계약을 맺을 타이탄 마스터를 수배하는 동안, 중국은 너무도 쉽게 타이탄과 계약을 맺었다.

  중국의 힘이 커지는 것을 우려한 미국은 어떻게 하든 중국에 수출되는 타이탄의 숫자를 줄이기 위해 제한했다.

  왕우위는 이번 기회에 더 많은 타이탄을 확보하기 위해 이런 말을 한 것이다.

  이것까지는 생각을 못했는지, 메이슨도 왕우위의 말에 찬성을 했다.

  한국도 타이탄을 생산하는 나라다. 헌터의 질 또한 높아 많은 타이탄 마스터의 숫자 또한 미국보다 많았다.

  미국은 먼저 타이탄을 개발하고 보급을 하였지만 후발 주자인 한국에 타이탄 마스터의 숫자를 추월당했다.

  물론 아직까지 그 차이가 적지만, 시간이 지날수록 어떻게 변할지는 아무도 모르는 일이었다.

  현재 한국에서 생산되는 타이탄은 대부분 한국 내에서 소비가 되고 있었다.

미국이 일본이나 중국과 손을 잡고 한국을 제재하고 있는데는 자국에서 만들어낸 타이탄을 판매할 타이탄 마스터가 필요하기 때문도 있었다.

Chapter 8
악연의 끝

위이잉! 쿵! 쿵!

땅! 땅! 땅! 땅!

드넓은 데메르 평원에 낯선 소음이 들려오기 시작했다.

하지만 이곳은 뉴 어스였기에, 공사 소음에 대한 민원을 넣는 사람은 없었다.

데메르 평원에서 펼쳐지고 있는 공사는 여느 공사와는 사뭇 달랐다.

이 공사는 도시 건설을 위해 진행된 것인데, 건물이나 길이 먼저 나는 것이 아니라 도시 전체를 둘러싸는 커다란 벽부터 올라가고 있었던 것이다.

하지만 뉴 어스에서는 사실 이것이 맞는 수순이라 할 수 있었다.

뉴 어스에는 인간의 안전을 위협하는 몬스터가 존재한다.

지구에서처럼 도시를 건설하기 위해 구획을 나누고, 토목 공사를 하기에 앞서 일단 몬스터의 침입으로부터 그것을 막아줄 성벽부터 공사를 해야만 했다.

이렇게 벽이 세워지고 나면 나중에 진행될 공사에 방해를 받겠지만, 그래야 공사를 할 때 몬스터로부터 인부들이 안전할 수 있다.

"빨리빨리 움직여라!"

그렇게 외치고 있는 사람은 덥수룩한 수염에, 키가 굉장히 작지만 굵은 허리와 팔을 가진 것이 결코 왜소해 보이지는 않는 남성이었다.

데메르 평원 공사장 곳곳에서 비슷한 모습의 사람들을 발견할 수 있었다.

정진의 요청으로 드래곤 산맥을 나온 드워프들이었다.

원래 드워프와 인간의 언어는 다르지만, 이들은 전혀 언어 소통의 문제를 겪지 않고 있었다.

정진이 드워프들에게 준 통역 마법이 걸린 아티팩트 덕분이었다.

장인 종족인 드워프들은 사실 곧잘 반지 등을 만들기는 하지만, 잘 착용을 하지 않는다.

작업을 할 때 방해가 되기 때문이다.

물론 반지 정도로 장인 종족인 드워프들이 작업을 하지 못하는 것은 아니지만, 보다 좋은 작품을 만들기 위해선 몸과 마음을 모두 몰입해야 한다. 반지가 작다 하더라도 신경이 쓰일 수 있으니, 작은 가능성이라도 배제하는 차원에서 반지를 착용하지 않았다.

때문에 드워프에게 통역 마법이 걸린 아티팩트를 주면서 정진은 많은 고민을 했다.

아티팩트를 안 줄 수도 없고, 그렇다고 액세서리 이상으로 부피가 커지면 더 걸리적거릴 것이기 때문이다.

하지만 그것은 의외로 간단히 해결되었다.

바로 팔에 부착할 수 있는 작업용 팔찌를 아티팩트로 만든 것이다.

팔뚝 부분에 채울 수 있는 이 팔찌는 작업을 하는 데 전혀 방해가 되지 않을뿐더러, 통역 마법뿐만 아니라 몸의 컨디션을 조절해 주는 바이탈리티 마법까지 가미된 고급 아티팩트였다.

정진은 아티팩트를 만들면서 두 개나 되는 마법을 넣기 위해 팔찌의 재료를 신중하게 선택했다. 최종적으로 고른 재료는 바로 미스릴이었다.

이 미스릴은 드워프들을 데려오기 위해 드래곤 산맥을 찾았을 때, 임시 족장을 맡고 있는 파이어 해머가 마법 고로를 만들어준 보답으로 준 것이다.

드워프들은 정진의 도움으로 안전을 확보하고 또 식량까지 충분히 창고에 쌓이자 본업인 대장장이 일로 돌아갔다.

무언가를 만들려면 일단 재료를 먼저 구해야 하는 법. 드워프 마을이 들어선 자리는 사실 미스릴은 물론이고 각종 광물이 상당히 많이 묻혀 있는 곳이었다.

생존을 위해 몬스터를 피해 자리를 잡기는 했지만, 드워프들은 본능적으로 광맥과 가까운 곳에 마을을 건설한 것이다.

여유가 생긴 드워프들은 그 광맥을 전부 개발하였다.

정진이 두 번째로 드워프 마을을 찾았을 때는 이미 상당한 양의 광물이 쌓였다.

파이어 해머와 드워프 장로들은 마을 밖으로 나가는 젊은 드워프들의 안전을 부탁하는 차원에서 정진에게 상당량의 미스릴을 주었다.

사실 드워프에게도 미스릴은 무척이나 소중한 재료다.

미스릴 광맥을 찾아내기는 했지만 아직 충분한 양을 채굴한 것은 아니다.

그럼에도 정진에게 미스릴을 준 이유는, 사실 함께 가는 드워프들의 안전도 안전이지만 정진이 마을을 다시 찾았을 때 가져다 준 많은 양의 식량에 있었다.

특히나 정진은 드래곤 산맥에서는 찾아보기 힘든 거대 들소인 바이슨을 가져왔는데, 드워프들은 바이슨의 고기를 무척이나 좋아했다.

정진을 비롯한 인간들에게는 야생에서 몬스터와 생존 경쟁을 하면서 자란 바이슨의 고기가 너무 질겼기에, 맛은 좋지만 선호하지 않는 식품에 가까웠다.

하지만 원체 튼튼한 드워프들은 지구의 소고기보단 바이슨을 더 선호하였다.

사실 얼마 전까지만 해도 생존을 위해 몬스터 고기도 마다하지 않고 먹던 드워프들이 아닌가.

몬스터 고기가 아닌 것만으로도 충분히 좋아할 만한 일인데, 자신들의 입맛에 맞는 고기를 대량으로 가져다주었으니 환호가 터져 나온 것은 당연한 이치였다.

언제나 정진에게 받기만 한다고 생각한 드워프들은 정진에게 뭔가 주어야 한다고 입을 모았다.

그동안 만든 작품을 주자는 이야기도 있었지만, 정진에게 들은 것이 있기에 현재 자신들이 만든 작품들은 정진에게 큰 도움이 되지 않는다고 판단했다.

결국 귀중한 재료이지만 정진에게도 도움이 될 미스릴을 함께 가는 드워프들의 안전을 부탁한다는 명목으로 상당량 내어 준 것이다.

정진은 그중 일부를 빼서 드워프들의 팔찌를 만들어주었다.

원래부터 활력이 넘치는 드워프들이 바이탈리티가 걸린 아티팩트까지 착용하고 있으니 피곤할 겨를이 없었다.

공사를 하는 내내 저렇게 활기 넘치게 고함을 지르는 데는 이유가 있었던 것이다.

때론 지시에 제대로 반응을 하지 못하는 인부들을 대신해 직접 움직이기도 했다. 드워프들은 작은 키에도 불구하고 커다란 돌덩이들을 너무도 가볍게 옮겼다.

인부들은 그런 기행에 놀라움을 금치 못했다.

사실 그다지 놀랄 일도 아닌 게, 드워프들은 하나같이 정진이 드래곤 산맥에서 안전을 확보할 수 있게 만들어준 드워프용 파워 슈트를 착용하고 있었다.

지구의 파워 슈트가 아니라, 뉴 어스의 왕국 시절 타이탄이 개발되기 전 기사들의 장비였던 마갑과 타이탄의 엑시온을 결합해 만든 새로운 종류의 파워 슈트였다.

마갑과 타이탄의 중간 형태의, 어떻게 보면 작은 사이즈의 타이탄이라 볼 수 있는 장비다.

비록 타이탄이나 서번트에는 미치지는 못하지만, 한계를 뛰어넘은 움직임을 보일 수 있었다.

100명이 넘는 드워프와 20기의 서번트, 그리고 천여 명의 인부들이 작업을 하니 도시를 둘러쌀 성벽 공사는 엄청난 속도로 진행이 되었다.

이들의 안전을 위해 정진은 아케인 클랜 소속 헌터를 열 명 파견했다. 이들 모두 타이탄을 지급받은 아케인 클랜의 간부들이었다. 인솔자는 정진의 동생인 정한이었다.

정한은 이곳 데메르 평원 도시 건설 현장이 아닌, 4대 금지 중 한 곳인 거인의 왕국 쪽에서 사냥을 하고 싶어 했다.

하지만 데메르 평원에 도시를 건설하는 것이 몬스터를 잡는 것보다 더 중요하기에 정진이 동생인 정한에게 이곳을 맡긴 것이다.

대규모 건설임에도 안전을 책임질 인원을 단 열 명만 파견한다는 것이 무성의해 보일 수도 있지만, 그것이 전부 타이탄 마스터들이라면 이야기가 달라진다.

심지어 그 타이탄 마스터들이 모두 2급에서 3급 라이선스를 가진 헌터들이라면 더욱 말할 것도 없었다.

정진은 그동안 아케인 클랜 소속 헌터들의 실력을 숨겨왔다.

하지만 뉴 어스에 도시 건설을 하겠다고 밝히면서 더 이상 아케인 클랜 소속 헌터들의 실력을 숨기지 않고 공개하기로 했다.

허가를 취득하기 위해 어쩔 수 없이 공개를 한 것이 아니라, 사실 더 이상 숨길 필요성을 느끼지 않기 때문이 맞았다.

물론 한국을 압박하고 있는 미국이나 중국, 일본이 함부로 한국을 어찌해 볼 생각을 하지 못하게 경고를 하기 위한 생각도 어느 정도 들어 있었다.

최근 세 나라는 헌터들의 숫자가 이상할 정도로 급격하게 늘어났다.

정진은 아케인 클랜 소속 헌터들의 실력을 일부러 공개하면서 헌터들의 숫자가 늘어난 3국이 함부로 스스로를 과신

하지 않도록 경고했다.

세계 각국의 헌터들은 실력이 많이 향상되었지만 아직까지 그 한계는 3급까지였다.

하지만 대한민국에는 2급의 헌터들이 있었다.

헌터 협회를 통해 공인이 된 등급상, 아케인 클랜의 부클랜장인 이정진이 바로 그 2급 헌터였다

그렇지만 이것도 정진에 의해 왜곡된 것으로, 그 당시에도 이정진은 헌터 협회 기준 1급에 해당하는 실력을 가지고 있었다.

아케인 클랜의 헌터들은 모두 정진의 지시로 1~2등급 낮은 헌터 등급을 받고 있었는데, 이번에 자신의 실력을 모두 공개를 하였다.

아케인 클랜의 헌터들이 새롭게 헌터 등급 판정을 받기 위해 테스트를 받고, 그것이 공개가 되었을 때, 대한민국은 물론이고 세계가 놀랐다.

아케인 클랜의 모든 헌터들이 최하 5급, 최고 1급으로 판명된 것이다.

2급으로 알려져 있던 이정진의 경우는 아예 현존하는 헌터 등급 측정으로는 그 능력을 모두 파악하지 못하는 수준으로 알려졌다.

그 때문에 한동안 말도 많았다.

일개 클랜에 이렇게 상식 밖의 실력을 가진 헌터가 모여 있는 것은 믿을 수 없다는 어찌 보면 타당한 주장이 일었던 것이다. 한국 헌터 협회의 측정 기준이 낮기 때문이란 이야기도 있었다.

결국 국제 헌터 협회에서 직원이 파견되어 다시 재측정을 하는 해프닝이 벌어지기도 했다.

하지만 다시 실시된 측정에서도 그 결과는 다르지 않았다.

그때서야 아케인 클랜에는 뭔가 비밀이 있다는 것을 알게 된 각국 정상들은 아케인 클랜에 문의를 하기 시작했다.

높은 등급의 헌터를 보유하고 있다는 것은, 그만큼 몬스터에게서 안전을 확보할 수 있는 것은 물론, 보다 등급이 높은 몬스터를 사냥할 수 있다는 소리와도 같다.

그리고 그 말은 더욱 많은 돈을 벌 수 있다는 거였다.

그러니 당연히 아케인 클랜에 손을 내밀 수밖에 없는 것이다.

아케인 클랜을 자신들의 나라로 영입만 할 수 있으면 대박이었다.

하다못해 아케인 클랜이 가지고 있는 헌터 양성법을 공유할 수만 있다면 자국 헌터들의 실력을 키울 수 있었다.

하지만 이런 각국 정상들의 요청을 정진은 과감하게 무시했다.

아케인 클랜은 어떤 외압에도 흔들리지 않을 정도로 거대해졌고, 또 조국인 대한민국도 더 이상 외세의 압력에 굴복하지 않을 정도로 국력이 높아졌다.

물론 아직까지 대한민국이 불안한 것도 사실이다.

미국과 일본, 중국이 합심해 압박을 하자 심각한 위기를 맞기도 했다. 수출이 막막해졌고, 또 식량 수급에도 지장을 받았다.

하지만 정진은 정부가 이에 굴복하지 않고 자신들이 할 수 있는 모든 방법을 가지고 위기를 극복하려고 노력했다는 것에 의의를 두었다.

예전 같았으면 외세의 압력에 바로 꼬리를 말고 항복하고, 국민이 가진 것을 뺏어 넘겨주는 짓을 했을지도 모른다. 하지만 이번 정권은 달랐다.

다른 나라도 아니고 G2라 불리는 중국과 미국, 그리고 일본까지 손을 잡고 펼친 압박이었다.

그럼에도 이에 굴하지 않고 이들의 압박에서 벗어날 궁리를 한 것이다.

정진은 이런 정부를 믿고 아케인 클랜의 실력을 내보인 것이었다.

물론 최후의 한 수를 위해서라도 자신의 실력은 숨겼다.

4차 몬스터 웨이브 때 실력을 공개한 적 있으니 어느 정도 전력이 노출이 되었다고 할 수도 있지만, 그렇다고 자신의 모든 것을 보인 것은 아니다.

지금도 그렇고 그 당시에도, 정진은 자신이 가진 능력 중 아주 작은 일부만을 공개했을 뿐이다.

막말로 정진이 작정하고 테러를 하려고 한다면 이 세상 어느 누구도 정진의 행보를 막을 수 없을 것이다.

아케인 클랜의 간부들만 데리고 이번에 문제를 일으킨 미국이나 중국, 일본에 잠입을 하여 테러를 벌인다면 어느 나라가 이를 막을 수 있겠는가?

세계 각국이 헌터를 아주 중요한 전력으로 관리하는 것은 어제오늘의 일이 아니다.

일반적으로 헌터는 군이 보유한 특수부대보다 육체 능력이 월등할 뿐만 아니라, 언제나 생명의 위험을 무릅쓰고 몬스터와 싸우고 있다.

비록 인간을 상대로 하는 전투는 아니지만 개개인의 무

력이 월등하다 보니 군대 이상의 무력이 될 수 있는 것이다.

헌터의 수준이 높아진다는 말은 국가의 전력이 높아진다는 말과 같았다.

그런데 대한민국에서 무려 천 명이 넘는 인원이 적게는 1등급에서 많게는 3등급까지 한 번에 오른 것이다.

그러자 미국을 비롯한 3국의 압박 수위가 살짝 낮아졌다.

수출입 관련해서는 국가적인 일이라 쉽게 제재를 풀 수 없지만, 가길과 콘스넨탈을 통해 일으킨 곡물 수출 건은 슬그머니 풀어주었다.

대한민국은 부족한 식량을 확보할 수 있게 되었지만, 그럼에도 안심하지 않았다.

이번 위기를 겪으면서 대한민국 정부는 실질적인 포탄이나 전쟁 무기 말고도 식량 또한 무기가 될 수 있음을 깨달았다.

한국에서는 식량 자급률을 높이기 위한 정책에 힘을 기울였다.

정부는 국토의 균형 잡힌 발전도 중요하지만 식량을 생산할 농토 또한 확보를 해야 한다고 판단했고, 이전에 취득한 이북 지역의 발전 계획을 일부 수정하여 평야 지대의 개발을 중단하고, 농지로 묶었다.

다행히 4차 몬스터 웨이브 당시 수복한 북한 지역의 토지들 대부분은 모두 개인 소유의 것이 아닌 국유지로 묶여 있었다.

정부는 동맹이라 믿었던 미국을 비롯한 3국이 이런 비인도적인 일을 벌인 것에 분노하며, 다시는 국민들의 생명을 인질로 잡혀 위기에 처하는 일이 없도록 하리라 결심했다.

절치부심한 대한민국 정부는 강력한 정책을 펼쳤고, 국민들 역시 정부의 움직임에 동조하며 국가 발전을 위해 힘을 합쳤다.

†   †   †

한때 일본의 수도였던 도쿄는 2000년 게이트 사태 이후 몬스터가 쏟아지면서 점점 수도의 기능을 상실했다.

급기야 현재는 도쿄가 아닌 카나가와의 요코하마로 수도를 옮긴 상태였다.

요코하마는 이전 수도였던 도쿄에서 그리 멀지도 않고,

항구 도시에 무척이나 발전된 곳이기도 했다. 수도로서 그리 나쁘지 않은 조건이었다.

하지만 옛 영화를 잊지 못하고 있는 일본인들은 게이트가 있는 도쿄를 어떻게든 재건하고 싶어 했다.

일본인들은 아직 2차 대전의 패전 이후 황폐해진 일본을 일으켰던 기억을 잊지 않고 있었다. 결국 많은 일본인들의 노력 끝에 도쿄는 빠르게 재건되기 시작했다.

어느 정도 재건이 되자, 일각에서는 수도를 다시 도쿄로 옮기자는 이야기가 나오기 시작했다.

하지만 그것도 잠시, 얼마 전 발생한 4차 몬스터 웨이브로 인해 피해를 입은 뒤에는 게이트가 있는 도쿄로 다시 이동하자는 소리가 쏙 들어갔다.

예측할 수 없는 재난인 몬스터 웨이브가 언제 다시 올지도 모르는데, 몬스터 웨이브가 오면 직격타를 맞을 게이트 근처에 누가 살고 싶어 하겠는가.

하지만 그래도 도쿄의 불야성을 기억하는 세대들은 도쿄를 그리워하고 있었다.

그중 한 사람인 일본의 방위성 대신, 나루야마는 중국 협상 대표인 왕우위, 그리고 미국 대표인 메이슨과 한때 도쿄의 랜드 마크였던 도쿄 타워 위에서 저 멀리 보이는 게이트를 쳐다보고 있었다.

게이트는 일본에게 재앙이면서 또 한편으로는 기회를 제공했다.

군대의 보유는 일본이 하나의 나라라는 걸 증명할 수 있는 기회다.

2차 대전에서 패배를 한 뒤, 일본은 항복을 하면서 영원히 군대를 갖지 않겠다 선언했다.

이는 전쟁을 일으킨 일본의 통수권자였던 일왕을 보호하기 위한 방편이었다. 일본은 다른 패전국에 비해서도 아주 저자세로 항복 문서를 작성했다.

그 결과 본래대로라면 전범으로 처벌을 받았어야 할 일왕은 전범 재판에서 빠져나갈 수 있었다.

하지만 그 대가로 일본은 국가로서 군대를 보유할 수 없는 반쪽짜리 나라가 되었다.

젊은 세대야 이런 것에 별로 관심을 갖지 않았지만, 아직도 전쟁을 기억하는 세대의 일부 사람들은 군국주의에서 벗어나지 못하고 있었다.

그들은 어떻게든 일본이 군대를 가질 수 있도록 여러 방면으로 노력을 하였다.

외부의 공격으로부터 방어를 한다는 핑계로 자위대를 결

성하기도 했다.

어느 순간 그들은 헌법을 맘대로 해석하여 해외 파병을 할 수 있게 만들었고, 게이트 사태 이후에는 급기야 게이트를 방어한다는 명목하에 군대를 편성하기 시작했다.

일본은 그 뒤로 급격한 변화를 겪었다.

몬스터를 막는다는 명분으로 모병제에서 징병제로 바꾸고, 대대적으로 군인을 양성하게 된 것이다.

참으로 어처구니없는 행보였지만, 게이트 사태 이후 많은 나라들이 이와 비슷한 일을 벌였다.

때문에 그렇다고 몬스터들에게 휩쓸리는 상황에 방어를 하지 말라고 할 수도 없으니, 동아시아의 주변국들은 모두 우려를 하면서도 막지 못했다.

일본에는 단 한 개의 게이트가 열렸다. 하지만 일본은 그 하나의 게이트도 감당하기가 어려웠다.

다른 나라들이 10년에서 15년 주기로 몬스터 웨이브가 발생한다면, 일본에서는 2~3년에 한 번씩 상당한 규모의 몬스터가 몰려들었다.

몬스터 웨이브만큼의 숫자는 아니었지만, 제대로 준비도 안 된 일반 군대로 상대하기 벅찬 정도의 수였다.

일본은 단지 명분만이 아니라, 정말로 쏟아지는 몬스터를 막기 위해 모든 군인들을 투입해야만 했다.

어느 정도 헌터들이 생기고 게이트 주변이 정비될 때까지, 일본에서는 몬스터들로 인해 1년에 수천 명 이상의 사상자가 발생했다.

다른 나라들이 계속된 실패에 실험을 폐기한 반면, 일본만은 끝까지 초인 프로젝트를 포기하지 않고 지속한 이유가 바로 그것이었다.

다른 나라들에 비해 사상자가 너무도 많이 발생하기에 점점 일본의 인구가 줄어가고 있었다.

계속 이러다가는 쏟아지는 몬스터를 막아낼 전력을 세울 수도 없는 사태가 발생할 수도 있었다.

외부에 알려지면 지탄을 받을 인체 실험도 마다하지 않고 감행한 덕인지, 결국에는 성공을 거두었다.

무려 3급의 헌터를 단시간에 찍어낼 수 있게 된 것이다.

아직까진 그 성공률이 낮았지만, 연구를 계속하다 보면 성공률은 높아질 것이고 만들어낼 수 있는 헌터의 급도 높아질 것이다.

저 멀리 게이트 너머로 초인 프로젝트로 탄생한 헌터들이 모종의 임무를 띠고 뉴 어스로 넘어가고 있었다.

총 31명으로 구성된 이들은 임무를 완료하기 전까진 돌아오지 않을 것이다.

모두 3급 이상의 헌터로 구성되었고 또 그들은 한 기의 오리지널 타이탄과 미국이 개발한 타이탄 30기까지 보유하고 있다.

아무리 한국에 고위 등급의 헌터가 많이 생겼다고 하지만 이 정도의 전력이라면 충분히 목적을 이룰 수 있을 것이다.

나루야마와 왕우위는 게이트 너머로 사라지는 타이탄의 뒷모습을 보며 그렇게 생각했다.

다른 고위 인사들 또한 모두 그렇게 판단했다.

상식적으로 생각할 때, 이만한 전력은 국가 단위에서도 쉽게 찾아볼 수 없다.

다른 것도 아니고 타이탄만 31기다.

아머드 기어도 그렇지만, 대몬스터 병기인 타이탄은 숫자가 모일수록 더욱 강력한 위력을 발휘한다. 집단전을 펼칠 수 있기 때문이다.

한 대만 있으면 100%의 힘을 발휘하지만, 여러 대의 경우 서로 협력하여 진형을 펼치면서 더 큰 힘을 발휘할 수 있는 것이다.

타이탄은 생명체가 아니지만 또 생명체이기 때문이다.

타이탄은 생명체인 몬스터와는 다르게 고통을 느끼지 않는다. 공포나 두려움도 없다. 그러면서도 탑승한 마스터의 의지에 따라 전술을 펼칠 수도 있다.

전술을 펼칠 수 있다는 것은 집단전투에서 막강한 위력을 발휘한다.

그들은 이 임무가 결코 실패할 것이라 생각지 않았다.

물론 한국도 다량의 타이탄을 보유하고 있다는 것은 알고 있었다.

하지만 한국은 타이탄을 집단 전투에 활용하지 않는다. 그쪽은 몬스터 헌팅을 위해 타이탄을 운용하는 경우가 대부분이었으므로, 집단전을 펼친다고 해도 다섯 기 내외였다.

나루야마와 왕우위, 그리고 메이슨에게 실패란 단어는 없었다.

쿵! 쿵! 쿵! 쿵!

31기의 타이탄이 평원을 걷고 있었다.

일본의 도쿄 게이트를 넘어, 한국이 보유한 뉴 어스의 쉘터를 파괴하기 위해 출발한 이들은, 미국으로부터 한국의 뉴 서울 쉘터가 어디 있는지를 전달받았다.

그리고 현재, 뉴 서울 쉘터로 출발한 지 채 일주일도 지나지 않아 그들은 생각지도 않은 장면을 목격했다.

목적지까지 아직 한참이나 남았는데, 중간 지점에서 인간의 모습을 발견한 것이다.

더욱이 그곳에는 상당수의 타이탄이 있었다.

이들을 인솔하고 있던 노인태는 심각한 고민에 빠졌다.

미중일 3국은 초인 프로젝트에서 노인태를 능가하는 존재를 만들어내지 못했다. 노인태를 뺀 30명의 헌터들은 사실 제정신이 아니었다.

무리하게 3급 헌터로 만드는 과정에서 부작용이 발생한 것이다.

다만 임무 수행이나 통제만은 가능했기에 이번 임무에 투입이 되었다.

그리고 이 30명의 헌터들을 조종할 우두머리로 노인태가 임명이 된 것이다.

그런데 정보에도 없는 현장이 발견이 되었다.

'저건 뭐지?'

인간들이 분주히 돌아다니는 사이에 타이탄과 비슷한 듯 다른, 처음 보는 기계들이 움직이고 있었다.

— 저건 서번트다.

"서번트? 그게 뭐지?"

— 타이탄과 비슷한 기체다. 짐을 싣고 옮길 수 있 는……

"흠, 트럭 같은 건가? 100기는 되어 보이는걸."

노인태는 꺼림칙한 표정을 지으며 휘하 헌터들에게 회피 명령을 내리려 했다.

— 망설일 필요 없다.

"무슨 소리야?"

— 서번트는 타이탄의 아류에 불과하다. 전투력에 있어 서는 비할 바가 못 된다. 진정한 타이탄이 아니다.

노인태는 고민하기 시작했다.

저들을 피해 우회할 것인지, 아니면 전투를 벌일 것인지 말이다.

결정은 빨랐다.

'붙는다.'

전투를 결심하고 난 노인태가 섬뜩한 미소를 지었다. 비 록 아이번과 계약을 하면서 부작용에서 벗어났다고 하지만,

노인태의 호전성은 그대로 남아 있었다.

"비슷한 전력이라면 물러설 필요가 없지. 공격한다."

노인태의 지시를 받은 30인의 급조된 헌터들은 대형을 갖추기 시작했다.

비록 급하게 제조되느라 지능은 떨어졌지만 주입된 정보를 바탕으로 전투를 하는 데는 아무런 지장이 없다.

순식간에 30기의 타이탄들이 늘어서서 공격할 태세를 마쳤다.

✝   ✝   ✝

한편, 데메르 평원에서 도시를 건설하고 있던 슈인켈은 건설 현장으로 접근하는 일단의 무리를 발견하고 호위 책임자인 정한에게 이를 알렸다.

타타타타!

조금 전까지 타이탄을 타고 건설 현장을 지키다 교대를 하고 쉬고 있던 정한은 공사 감독관인 슈인켈에게서 타이탄 무리가 접근을 한다는 이야기를 전해 듣고 완공된 성벽 위로 올랐다.

"이글 아이!"

데메르 평원 도시 건설 현장에서 일하는 이들을 몬스터로부터 지키기 위해 파견된 헌터들은 이곳에 파견이 될 때 여러 가지 물품을 지급받았다. 그중 하나가 바로 접근하는 몬스터들을 감지할 수 있는 아티팩트였다.

지금 정한이 펼친 이글 아이는 망원경처럼 먼 거리를 확인할 수 있는 마법이었다.

갑자기 나타난 의문의 타이탄 집단. 정한은 이글 아이 마법을 통해 먼 곳에서부터 달려오고 있는 타이탄들을 꼼꼼히 살폈다. 역시나 소속을 나타내는 그 어떤 표식도 없었다.

국제 헌터 협회에서는 혹시나 모르는 사태를 막기 위해, 일정 크기 이상의 대몬스터 병기에는 피아 식별이 가능한 표시를 하도록 지정하고 있었다.

이는 헌터와 범죄자인 다크 헌터를 구별하기 위한 조치였다.

그런데 지금 현장으로 접근하고 있는 의문의 타이탄 집단은 모두 아무런 표시도 되어 있지 않은 무적(無籍)이었다.

[비상! 비상! 다크 헌터로 짐작되는 타이탄 무리가 접근하고 있다!]

정한은 아티팩트에 저장된 확성 마법을 사용해 현장 전체에 접근하는 타이탄들의 존재를 알렸다.

[모든 타이탄들은 북쪽 현장 입구 쪽으로 이동해 대기하라!]

쿵! 쾅! 쿵! 쾅!

그러자 현장 곳곳을 나누어 지키고 있던 타이탄들이 일제히 정한이 있는 쪽으로 모여 들었다.

그사이에 정한은 의문의 타이탄 무리들의 위치를 확인했다.

데메르 평원은 시야를 가리는 일체의 장애물이 없었기 때문에 그들을 상당히 일찍 발견할 수 있었던 게 다행이었다. 그렇지 않았다면 타이탄에 다시 탑승하는 시간 탓에 교대를 하고 쉬고 있던 헌터들까지 모두 집결할 수 없었을 것이다.

아케인 클랜의 타이탄 마스터들은 모두 자신의 타이탄을 이끌고 의문의 타이탄 집단이 보이는 곳에 대열을 맞추어 섰다.

"진국아, 지금 상황을 클랜에 연락해라."

아케인 클랜은 몬스터 사냥을 나갈 때나, 어디든 뉴 어스에서 쉘터가 아닌 곳으로 나갈 때면 클랜과 연락을 주고받을 수 있는 통신구를 가지고 움직이도록 하고 있었다.

이는 타이탄 안에도 구비되어 있지만, 정한은 내부 통신을 통해 자신들보다 많은 숫자의 적으로 보이는 의문의 집단을 상대하기 위해 작전 회의를 할 생각이었다.

통신으로 정신이 없는 정한을 대신해 권진국이 통신구를 작동시키기 시작했다.

"온다!"

정한이 상황을 주시하며 작전을 짜고 있을 때, 저 멀리서 타이탄들이 빠르게 접근을 하는 것이 포착되었다.

† † †

영원의 숲은 독룡의 대지와 죽음의 협곡, 그리고 거인의 왕국과 더불어 4대 금역으로 불리는 곳이다.

들어가면 무조건 죽음만이 기다리는 금역으로서 악명을 떨쳤지만, 최근 헌터들의 실력이 높아지면서 4대 금역이란 이름이 무색하게도 그 안에 들어가 몬스터 사냥에 성공을 하고 나오는 이들이 생기고 있었다.

다른 금역들에 비해 정기적으로 사냥을 하는 헌터들까지

생기면서 4대 금역에서 빼야 하는 것이 아니냐는 논의까지 나오고 있었다. 그 이유는 바로 영원의 숲 안에 안전한 개척로가 생겼기 때문이었다.

영원의 숲 한가운데에 우뚝 솟은 흰머리산에 대한민국 제3의 쉘터가 건설되면서, 뉴 서울과 흰머리산 쉘터를 연결하는 길이 만들어진 것이다.

그렇다고 영원의 숲이 안전한 사냥터라고 보기는 힘들었다. 폭 10m 정도의 개척로를 벗어나면 안전을 보장할 수 없기 때문이었다.

개척로를 벗어나 사냥을 하는 헌터들 역시 최소 20명 이상이서 중무장을 하고 대(隊)를 이뤄 헌팅을 하고는 했다.

그런데 이런 위험한 곳을 겨우 검 한 자루만 가지고 편안하게 활보하는 사람이 있었다.

나이도 겨우 20대 후반에서 30대 초반으로 보이는 그 남자는 너무도 편안하고 아무렇지도 않은 모습으로 걷고 있었다. 그가 걷고 있는 곳은 아케인 클랜에서 만든 개척로가 아니었다.

이상한 것은 남자에게 달려드는 몬스터들이 단 하나도 없다는 것이었다.

영원의 숲에 서식하고 있는 몬스터들은 강한 만큼 아주 예민한 감각을 가지고 있었다.

아무리 본능에 충실한 몬스터라고 하나, 자신보다 강한 자를 구분하지 못할 정도는 아니었다. 아니, 오히려 본능에 충실하기에 그들은 목숨을 아끼는 길을 택했다.

몬스터가 우글거리는 영원의 숲을 평온히 걸어 빠져나온 남자는 영원의 숲 입구에 자리한 아케인 쉘터로 접근하였다.

"정지!"

뉴 서울 방향이 아닌 영원의 숲, 그것도 정해진 개척로가 아닌 엉뚱한 방향에서 단출한 복장으로 나오는 사내를 보며 쉘터의 출입구를 지키던 아케인 클랜 소속 헌터가 크게 외쳤다.

현재 아케인 클랜에서는 새로 도시를 건설하는 데메르 평원 근처에 정체불명의 타이탄들이 나타났다는 연락 때문에 비상이 걸린 상태였다.

"수고가 많다."

아케인 쉘터 입구에 도착한 사내는 차분한 목소리로 쉘터 입구를 경계하고 있는 헌터에게 말했다.

자신을 향해 말을 걸어오는 남자의 모습에 경비를 서고

있던 헌터는 그 모습을 자세히 살폈다.

입고 있는 복장은 아케인 클랜의 헌터가 입는 매직 아머가 맞았다.

그리고 등에 지고 있는 대검의 자루에 그려진 문양도 아케인 클랜을 상징하는 레피드 타이거 문양이 맞았기에 경비는 고개를 갸웃거렸다.

그가 알기로 대검에 새겨져 있는 문양이나 착용 중인 매직 아머에 그려진 문양을 보면 클랜의 고위 간부였다.

하지만 그는 클랜의 고위 간부들의 얼굴을 다 알고 있었는데, 그가 아는 얼굴 중 저런 얼굴은 없었다.

"신분을 밝혀주시기 바랍니다."

경비가 조심스럽게 신분을 물었다.

"아, 나 부클랜장인 이정진이다."

사내가 약간 멋쩍은 얼굴로 웃으며 말했다.

영원의 숲을 홀로 횡단한 사내의 정체는 바로 타라칸의 둥지에서 개인 수련을 하던 이정진이다.

이정진은 타라칸의 둥지에서 수련 중 깨달음을 얻어 마스터의 경지에 도달했는데, 바디 체인지를 겪어 급격하게 젊어졌다.

경비를 서던 헌터는 이정진을 알아보지 못하고 어리둥절

하고 황당한 표정을 지었다.

그가 왜 그러는지 알아챈 이정진은 곤란한 표정을 지었다.

일정 경지를 넘어서면 바디 체인지를 한다는 사실을 알고 있는 사람은 이미 오래전 그런 경험을 한 정진과, 얼마 전 경지를 넘어서 경험한 이정진뿐이기에, 아마 수련을 통해 몸이 변화했다고 설명해도 그는 이해하지 못할 것이다.

"저희 클랜의 부클랜장님을 사칭하면 큰 불이익을 당할 수 있습니다. 신중히 대답을 해주시기 바랍니다. 현재 저희 아케인 클랜은 적의 침입으로 비상이 걸린 상태입니다."

경비는 이정진이 헛소리를 한다고 판단했는지 재차 경고를 하였다.

"그게 무슨 말이지? 누가 침입을 했다고?"

하지만 이정진은 그런 것은 신경 쓰지 않는 듯, 적이 침입을 했다는 말에 미간을 찌푸리며 물었다.

영원의 숲으로 통하는 문에서 작은 소란이 일자, 아케인 클랜의 헌터들이 몰려들었다.

"무슨 일이지?"

막 적이 출현했다는 소식을 전해 듣고 데메르 평원의 건설 현장으로 가려던 정진이 의아한 얼굴을 한 채 입구로 나왔다.

"적이 출현했다는 게 무슨 소리야?"

조금 심각해진 얼굴의 이정진이 물었다.

"부클랜장님?"

정진은 자신을 부르는 젊은 남자를 보고 놀란 얼굴로 그를 뜯어보았다.

모습은 변했지만 자신이 알고 있는 이정진의 목소리였다.

물론 자신이 알고 있는 것보다 목소리에 활력이 넘쳤다. 처음에는 이정진과 무척이나 닮은 남자라 생각했는데, 목소리를 들으니 금방 알 수 있었다.

"벽을 통과했군요?"

"그래."

"축하드립니다."

정진이 환하게 웃으며 말했다.

"그보다 적이 침입을 했다는 게 무슨 소리야? 무슨 적?"

이정진이 손사래를 치며 다시 물었다. 지금 중요한 것은 자신이 새로운 경지에 올랐다는 사실이 아니었다.

"새롭게 도시를 건설하고 있는데, 그곳에 다크 헌터로 보이는 자들이 타이탄을 끌고 왔습니다. 안 그래도 지금 그쪽으로 가는 길입니다."

"나도 같이 가자. 갑자기 다크 헌터라니, 심지어 타이탄을 타고 나타났다고?"

이정진은 황당한 얼굴로 쉘터 안쪽으로 가려던 발을 곧장 돌렸다.

무엇보다 클랜의 헌터나 인부들이 피해를 입는 것을 한시라도 빨리 막아야 한다.

다른 한편으론 마스터의 경지에 들어섰는데 실제로 자신이 얼마나 강해졌는지가 알고 싶기도 했다. 타이탄과 대결을 벌인다면 어느 정도로 강해졌는지 시험해 볼 수 있으리라.

"그러실래요? 형님이 오셨으니 손을 좀 덜겠네요."

정진은 너스레를 떨며 이정진의 어깨에 손을 대고 외쳤다.

"매스 텔레포트!"

"우욱!"

데메르 평원에 도착한 이정진은 텔레포트로 생겨난 빛무리가 사라지자마자 헛구역질을 했다. 소드 마스터라는 말이 무색한 모습이었다.

"마나를 몸에 돌리세요, 형님."

정진은 이동 마법의 부작용이 나타났을 때의 팁을 알려주었다.

이정진은 본능적으로 몸속의 마나를 순환시키기 시작했다. 그러자 차츰 울렁거리던 것이 가라앉았다.

쾅! 쾅!

간신히 고개를 들자, 공사 중인 쉘터 바깥을 둘러싼 성벽 밖에서 소음이 들려왔다.

정진과 이정진은 누가 먼저랄 것도 없이 각자의 방법으로 빠르게 소란이 일고 있는 곳으로 달려갔다.

두 사람을 기다리고 있는 것은 너무도 참혹한 모습이었다.

현장 여기저기가 부서져 있었고, 서번트도 상당수 파괴된 것이 눈에 보였다.

그 모습을 본 정진의 눈에는 분노의 기색이 역력했다.

그리고 그 옆에 있는 이정진의 표정 또한 정진과 다르지 않았다.

8년 전, 처음 정진과 함께 헌팅 팀을 꾸린 것이 시초가 되어 지금의 아케인 클랜을 만들었다.

비록 정진의 능력에 감복해 어린 그에게 클랜장의 자리를 양보하긴 했지만, 이정진은 한 번도 아케인 클랜을 정진만의 것이라 생각한 적이 없었다.

그동안 실질적으로 클랜을 꾸려온 것은 사실 이정진이었다.

클랜장인 정진은 소속 헌터들이 사용할 각종 아티팩트들을 개발하는 쪽으로 능력을 발휘했지만, 이정진은 현장에서 직접 헌팅에 참여하며 실질적으로 헌터들을 이끌어 나갔다.

그런데 그렇게 애정을 쏟으며 키운 클랜이 공격당하고 있었다.

"하압!"

이정진은 도저히 그 분을 참을 수 없어 등에 지고 있는 대검을 틀어쥐고 성벽을 뛰어내렸다.

그리고 막 아케인 클랜의 타이탄을 공격하려던 의문의 타이탄에게 뛰어들어 대검을 찔렀다.

엑시온이 있는 타이탄의 가슴 부위였다.

보통이라면 쇠와 쇠가 부딪히는 것이라 요란한 충돌음만 남기고 별다른 피해를 입히지 못했겠지만, 이정진의 공격은 일반적인 공격이 아니었다.

검신에 잔뜩 마력을 머금어 푸른색으로 밝게 빛나고 있는 이정진의 대검은 금속이 아니라 두부를 베는 것처럼 저항 없이 타이탄의 장갑을 뚫고 들어갔다.

막 아케인 클랜의 타이탄에게 최후의 일격을 가하려던 타이탄은 그렇게 이정진의 공격에 기능을 상실하고 죽어버렸다.

타이탄의 심장인 엑시온이 파괴되어 버리자, 안에 타고 있던 타이탄 마스터는 미처 빠져나오지 못하고 그대로 타이탄 안에 갇혀 버렸다.

이정진은 이에 그치지 않고 또 다른 적들을 찾아 뛰어갔다.

이정진이 마스터가 된 실력을 유감없이 발휘하고 있을 때, 정진은 파괴된 서번트와 아케인 클랜 소속 타이탄에 생명 반응이 있는지 살펴보았다.

하지만 파괴된 타이탄이나 서번트에선 어떤 반응도 없었고, 조종실 내부에도 그 안에 있어야 할 존재들이 보이지 않았다.

'다행히 사상자는 별로 없나 보군!'

그랬다. 정진은 부클랜장이 앞뒤 재지 않고 현장으로 뛰어드는 동안, 혹시나 있을지 모르는 사상자를 먼저 수습하기 위해 현장을 살핀 것이다.

현장과 얼마 떨어지지 않는 곳에서 생명체의 생명 반응이 나타나는 것을 확인할 수 있었다.

확인된 생명 반응을 보아 상당수의 사람들이 그곳에 숨어 있었다.

그것을 확인한 정진은 더 이상 클랜원들과 인부들의 안전은 신경 쓰지 않아도 되겠다고 판단하고, 전투에 돌입했다.

한편 갑자기 나타난 이정진으로 인해 자신이 끌고 온 타이탄들이 하나둘 멈추는 것을 목격한 노인태는 깜짝 놀라 몸을 뒤로 뺐다.

그의 상식으로는 인간은 절대 타이탄의 적수가 될 수 없었다.

아니, 타이탄 정도가 아니라 아머드 기어만 되어도 아무리 능력이 뛰어난 헌터라고 해도 상대할 수 없었다. 그것은 계란으로 바위를 치는 일이었다.

물론 고위 헌터 중에서는 중(重)형 몬스터도 상대할 수 있는 능력을 가진 헌터도 있다.

노인태 본인 또한 중(重)형 몬스터인 사이클롭스를 상대해 본 적 있고, 중(重)형 몬스터의 대명사인 오거도 상대를 해보았다.

하지만 중(重)형 몬스터를 상대하는 것과 기계인 아머드 기어를 상대하는 것은 다르다.

아무리 대단한 능력의 헌터도 인간이 탑승한 이 병기를 상대로는 힘을 발휘하지 못한다.

인간의 힘으로 아머드 기어나 타이탄이 가진 장갑을 파괴하는 것이 거의 불가능하기 때문이다.

그런데 지금 눈앞에, 그 불가능을 가능하게 만드는 존재가 나타났다.

타이탄을 상대로 검 한 자루만 든 인간이 일방적인 전투를 벌이고 있었다. 갑자기 나타난 사람이 검을 휘두를 때마다 타이탄들이 속수무책으로 나가떨어졌다.

노인태는 뭔가 일이 잘못되어 돌아가고 있다고 생각했다.

— 마스터, 도망쳐라!

타이탄 아이번은 혼란스러워하는 노인태에게 급히 외쳤다.

"그게 무슨 소리야? 도망이라니?"

노인태는 당황한 상태로도 아이번이 하는 말에 황당해하며 물었다.

― 저자는 마스터다.

"마스터? 나도 마스터인데?"

아이번의 경고에 노인태는 고개를 갸웃거렸다.

무엇을 보고 그러는 것인지 잘 이해할 수가 없었다.

― 아니, 저자는 깨달음을 통해 인간의 한계를 벗어난 괴물이다. 어서 빨리 전장을 이탈해야 한다. 그렇지 않을 경우 네 생존을 장담할 수 없다.

아이번은 거듭해서 노인태에게 경고를 하였다.

거듭된 아이번의 경고에 노인태는 뭔가 일이 잘못 돌아가고 있다고 판단하고, 다른 사람들 몰래 현장에서 벗어나기 시작했다.

노인태는 아무도 보지 못했을 것이라 생각했지만, 저 하늘 높은 곳에서 이곳을 내려다보는 시선이 있었다.

바로 아케인 클랜의 클랜장인 정진이었다.

건설 현장의 인부들이 안전하다는 것을 확인한 정진은 지체하지 않고 마법을 이용해 하늘로 올라섰다.

그리고 아케인 클랜의 도시 건설 현장에 침입한 이들이

하나도 도망치지 못하게 주변에 결계를 만들었다.

현장에 있는 어느 누구도 이런 정진의 행동을 본 사람은 없었다.

Epilogue

　아케인 클랜이 건설하고 있던 데메르 평원의 도시 건설 현장은 일단의 집단에 의해 공격을 받았지만, 몬스터로부터 인부들의 안전을 위해 파견된 아케인 클랜의 헌터들의 노력으로 버티고 있었다.

　그 과정에서 상당한 피해를 입기는 했지만, 월등한 전력 차이에 인부들이 무사히 대피할 때까지 방어전을 펼쳤음을 생각하면 상당한 분전이었다.

　아케인 클랜은 건설 중인 일부 성곽의 상부가 부서져 내렸고, 파견된 열 기의 타이탄 중 다섯 기는 기능이 정지하였다. 세 기는 반파가 되어 한동안 정비가 불가피했다.

그나마 남은 두 기는 격렬한 전투로 인해 양팔의 균형이 약간 뒤틀린 정도였다.

그 외 건설 장비인 서번트가 상당히 파괴가 되었다. 총 100기의 서번트 중 67기의 서번트가 완파된 것이다.

물론 손해만 본 것은 아니었다.

공격한 적 타이탄 31기 중 완파된 7기와 반파된 5기, 기능이 정지한 타이탄 11기를 제외한 온전한 타이탄 8기를 확보한 것이다.

비록 클랜에서 생산하는 타이탄보다 성능이 떨어지긴 하지만, 그래도 타이탄은 타이탄이었다.

노획된 타이탄은 국제 헌터 협회 규정에 따라 전량 아케인 클랜의 소유가 된다.

정진과 이정진은 포획한 적들을 심문하는 과정에서 전 노태 클랜 사장인 노인태를 발견하였다.

노태 그룹 오너 일가가 몰살된 뒤 행방이 묘연했던 막내 노인태가 이곳에 갑자기 나타난 것에 놀랐다.

이후 헌터 협회를 통해 전달된 노인태는 다크 헌터로 나타난 것이기에 국제법에 의해 처벌받게 되었다.

하지만 거기까지였다.

분명 배후가 있겠지만 밝혀진 것이 하나도 없었던 것

이다.

정진은 마법으로 공사 현장을 습격한 이들을 모두 단숨에 제압했는데, 잡아놓고 보니 이들의 정신이 온전하지 않았다.

그러다 보니 정진의 마법도 통하지 않았다.

저들이 사용한 타이탄은 미국이 생산하는 제품이었다.

물론 미국산 타이탄은 누구나 살 수 있는 것이다.

하지만 타이탄은 병기로 취급되는 만큼 철저히 관리가 되는 품목이었다.

외부로 판매를 하더라도 그것의 위치가 모두 파악되어 있다는 말이다.

그런데 한 기도 아니고 무려 30기의 타이탄이 정체를 알 수 없게 흔적이 지워진 상태로 아케인 클랜을 공격한 것이다. 그것도 어떻게 알았는지 공사 현장을 찾아와서 말이다.

이는 너무도 명백하게 습격자의 배후에 미국이 있음을 의미하는 것이다.

하지만 미국은 이런 사실을 전면 부인했다.

타이탄을 생산하는 레기온 사는 몇 달 전 일단의 무리가 자신들이 보관하고 있던 타이탄을 탈취해 갔다며, 다크 헌터의 배후가 자신들이 아니라 주장했다.

그러면서 타이탄에 타고 있는 존재가 모두 동양인이고, 또 우두머리가 한국 국적을 가진 노인태였다는 것을 들어 혹시 한국의 자작극이 아니냐며 도리어 큰소리를 쳤다.

미국과 한국의 관계는 이 일로 그 어느 때보다 틀어졌으며, 양국의 대사관이 폐쇄가 되고 대사와 직원들이 모두 본국으로 철수하는 사태까지 벌어졌다.

✝ ✝ ✝

"생각보다 그것들이 강하지 않더군요, 미스 오보카타."

마크 헤밀이 오보카타 루코를 보며 말했다.

"그래서 제가 이야기하지 않았나요? 그것들이 보유한 에너지는 3급에 해당하지만 제대로 된 실력을 가지기 위해선 좀 더 시간이 필요하다고 말이에요."

루코는 자신을 타박하는 마크를 보며 지지 않고 대답을 하였다.

루코는 분명 시험관에서 실험체들을 빼낼 때 경고를 했었다.

아직 실험체들이 완성된 것이 아니기 때문에 제대로 된 능력을 발휘하지 못할 수도 있다고 말이다.

헌터 프론티어

하지만 마크 헤밀은 이러한 루코의 경고를 무시했다.

그의 주인인 록펠러 가문의 가주가 빨리 헌터들을 대령하라 재촉을 했기 때문이다.

"물론 그렇긴 했지만, 그 한국의 헌터에 비해 너무 형편없지 않았습니까?"

경고를 들은 건 사실이지만, 그도 실험체가 이렇게 맥을 못 출지는 예상 밖이었다. 그것은 루코도 마찬가지였다.

"좀 더 시간을 가지고 배양을 한다면 지금보다 훨씬 뛰어난 전사를 가질 수 있을 거예요."

루코는 자신의 연구는 결코 실패하지 않았다고 덧붙이며, 이번 일은 너무 성급하게 실험체가 완성이 되기도 전에 가져간 그의 잘못이라 주장했다.

마크는 이런 루코의 주장에 반박을 하지 않았다.

루코는 분명 사실을 말하고 있었다.

그에 반해 자신은 성급하게 아직 완성도 되지 않은 것을 가져다 일을 망쳐 버렸다.

그 때문에 상부에서 문책이 내려왔지만 마크는 이를 달게 받아들였다.

그나마 다행인 것은 그동안 자신이 해왔던 일을 참작하여 직위가 약간 내려간 정도로 명예를 회복할 기회가 주어졌다는 것이다.

그러니 괜히 루코와 척을 질 필요는 없었다.

혹시나 그녀의 말대로 다음에 성공을 거둔다면, 이번 잘못을 충분히 커버하고도 남을 것이기 때문이다.

한 번 음모가 실패를 하긴 했지만, 적의를 담은 마크의 차가운 시선은 또 다른 음모를 꾸미기 위해 반짝이고 있었다.

✝   ✝   ✝

"축하합니다."

많은 사람들이 즐겁게 웃으며 축하 인사를 주고받고 있었다.

축하를 받는 사람들 중에는 정진과, 그 옆에 백화 클랜의 클랜장인 백장미가 평소와는 다르게 하얀 드레스를 입고 서서 함께 축하 인사를 받고 있었다.

"정정진 클랜장, 그리고 백장미 클랜장, 결혼 축하드립니다."

헌터 협회 회장인 이기동은 축하 인사를 받느라 정신이 없는 정진과 백장미에게 다가와 결혼 축하 인사를 하였다.

"와 주셔서 감사합니다."

"감사해요."

정진과 백장미는 그동안 미뤄오던 결혼식을 하였다.

사실 오래전부터 양가 집안 어른들의 허락을 받아 함께 살고는 있었지만, 정진이 너무 바빠서 결혼식은 올리지 못하고 있었다.

이번에 아케인 클랜에서 추진하던 도시 건설이 완공이 되면서 어느 정도 기반이 마련되었다 판단한 정진은 백장미에게 프러포즈를 하였다.

이미 혼인신고도 하고 함께 정식 부부가 되어 살고 있었지만 결혼식은 올리지 않았다. 정진은 그것을 못내 미안해하고 있었다.

프러포즈를 받은 날, 백장미는 생각지도 못했던 말을 듣고 눈물을 펑펑 흘렸다.

솔직히 정진에게는 평생 이런 말을 들을 수 없을 거라 생각했다.

정진은 다정하고 자상한 면도 있지만, 공적인 부분과 사적인 부분을 나누는 경계가 확실한데다 언제나 다수를 먼저 생각하고 희생하는 경향이 있었다.

그런데 결혼식을 하자고 모든 준비를 끝냈다는 정진의 말에 백장미는 기쁨의 눈물을 흘리지 않을 수 없었다.

결혼식이 끝나고 피로연을 하면서 여기저기서 축하 인사를 받는 지금, 정진과 백장미는 어제부터 밥을 굶었는데도, 너무 기뻐 하나도 배가 고프지 않았다.

"결혼 축하해!"

헌터 협회장인 이기동이 자리를 떠나자 언제 다가왔는지 엠페러 클랜의 클랜장인 이종훈이 다가와 인사를 건넸다.

"감사합니다."

"그런데……."

"예?"

"그 도시형 쉘터 말이야."

이종훈은 뭔가 말을 하려다 말고 주저하였다.

정진은 그런 이종훈의 모습에 고개를 갸웃거렸다.

"예, 그게 왜요?"

데메르 평원에 건설한 아케인 시티의 이야기였다.

그런 정진을 보며 이종훈은 뭔가 결심을 했는지 결연한 얼굴로 말했다.

"우리 엠페러 클랜도 아케인 클랜처럼 도시를 가지고 싶은데."

"예?"

정진이 깜짝 놀라 눈을 동그랗게 떴다.

자신이야 지켜야 할 게 많아 외부의 압력을 덜 받기 위해 뉴 어스에 아케인 클랜의 아지트를 만들려는 계획으로 아케인 시티를 건설한 것이다.

기존에 사용하는 아케인 아카데미는 솔직히 클랜의 아지트로 사용하기에는 시설이 너무 적고, 목적에도 맞지 않았다.

그래서 경제 활동도 하면서 자체적으로 자립할 수 있는 곳을 물색하다 데메르 평원에 도시를 건설한 것이다.

그런데 엠페러 클랜은 지구나 이미 건설한 쉘터에서도 충분히 활동할 수 있을 텐데, 굳이 왜 자신들처럼 뉴 어스에 도시를 가지려 하는지 알 수 없었다.

"도시 건설은 쉘터를 건설하는 것과는 상당한 차이가 있습니다. 제가 엠페러 클랜을 무시해서 하는 말은 아니지만 도시를 건설하는 것은 일개 클랜이 감당할 수 있는 수준이 아닙니다."

정진은 이종훈 클랜장의 의뢰를 간곡한 말로 거절을 하였다.

"그렇게 힘든가?"

"그렇습니다. 제가 도시의 전반적인 모든 부분을 설계를 하였고, 클랜에서 보유한 타이탄과 건설에 필요한 서번트를 직접 만들었기에 예산이 생각보다 많이 들어가지 않은 것이지, 엠페러 클랜이 단독으로 만들고자 한다면 정말 많은 자금이 필요할 겁니다. 그것이야 엠페러 클랜에서 힘을 기울이면 될 거라고 하더라도, 아케인 시티가 들어선 지역처럼 몬스터가 적고 안전하고, 대규모 건설을 하기에도 적합한 곳을 먼저 찾으셔야 할 겁니다. 아마 자금보다 이게 더 힘드실 거구요."

아케인 시티가 순조롭게 완공이 된 데에는 그럴 만한 이유가 있었다.

아케인 시티는 건설 도중 단 한 번도 몬스터의 공격을 받은 적이 없었다. 그 이유는 데메르 평원에 몬스터라고는 소형이자 모든 몬스터들의 식량과도 같은 고블린과 놀뿐이었기 때문이다.

그러니 건설 인부들의 안전을 위해 타이탄 열 기를 배치한 것은 사실상 과한 것이었다.

물론 그 때문에 큰 피해 없이 노인태가 끌고 온 다크 헌터들을 막아낼 수 있었으니 다행인 일이다.

정진은 이종훈에게 아케인 시티 건설에 관한 이야기를 하다 문득 그날의 일을 떠올렸다.

끝까지 자신의 잘못을 인정하지 않던 노인태, 그가 들려 준 이야기는 정진이 듣기에 너무도 엄청난 것이었다.

오래전 뉴 어스에도 노인태가 겪은 일들이 벌어졌다.

물론 과학은 아니었지만, 인간을 대상으로 하는 짓은 흑마법이나 매드 사이언스나 마찬가지였다.

정진은 흑마법사나 3국의 과학자들이나 목적을 위해선 도덕성도 모두 무시하는 성향이 비슷하다 생각하며, 사건이 이대로 끝나지 않을 것 같은 예감에 사로잡혔다.

〈『헌팅 프론티어』 完〉